KB047339

2007년도
제21회 소월시문학상 작품집

ⓒ 문학사상사, 2006

2007년도
제21회 소월시문학상 작품집

문학사상사

제21회 소월시문학상 대상 수상작 선정 이유서

문학사상사 주관 2007년도 소월시문학상 대상 수상작
문태준의 〈그맘때에는〉 외 14편 선정

문학사상사 제정 소월시문학상 제21회 대상 수상작으로 문태준 시인의 〈그맘때에는〉 외 14편을 선정한다.

문태준 시인은 평범한 일상의 순간에서 포착되는 사물과 생물을 미학적 관조로 통찰하여 생에 대한 진솔하고도 깊은 깨달음을 아름다운 시어로 직조해 낸다. 특히 종교적 · 철학적 메시지를 결코 사변적이지 않고 구체적이고 생생한 시청각적 감각으로 묘파해 전달하는 그의 솜씨는 단연 탁월하다는 평을 이끌어냈다.

유려한 시적 운율과 이미지를 자유롭게 운용함은 물론 사유의 깊이까지 획득하고 있는 문태준 시인의 시세계는 소월 시정신의 현대적 부활을 재촉하는 하나의 괄목할 만한 이정표로 평가될 수 있을 것으로 믿는다. 삶과 죽음이라는 고전적 주제를 일상적 관찰을 통해 웅숭깊게 노래한 문태준 시인의 〈그맘때에는〉 외 14편을 제21회 소월시문학상 대상으로 선정한다.

2006년 4월
소월시문학상 심사위원회
오세영 · 김명인 · 최동호 · 문정희 · 권영민

차례

대상 수상작

문태준

대상 수상 시인의 자선 대표작

이정록

심사평

문태준
그맘때에는 외

1970년 경북 김천 출생
1994년 《문예중앙》 신인문학상으로 등단
시집 《수런거리는 뒤란》 《맨발》
동서문학상 · 노작문학상 · 유심작품상 · 미당문학상 수상
2004~2005 '문인들이 뽑은 가장 좋은 시인'으로 선정
현재 불교방송 PD로 재직 중

그맘때에는

하늘에 잠자리가 사라졌다

빈손이다

하루를 만지작만지작 하였다

두 눈을 살며시 또 떠보았다

빈손이로다

완고한 비석 옆을 지나가 보았다

무른 나는 금강金剛이라는 말을 모른다

그맘때가 올 것이다, 잠자리가 하늘에서 사라지듯

그맘때에는 나도 이곳서 사르르 풀려날 것이니

어디로 갔을까

여름 우레를 따라갔을까

문태준 15

여름 우레를 따라 갔을까

후두둑 후두둑 풀잎에 내려앉던 그들은

나는 돌아가 악동惡童처럼

멀리 가서 멀리 오는
눈을 맞는다

만 섬 그득히 그득히

무 밑동처럼 하얀 눈이네
밟으면
무를 한 입 크게 물은 듯
맵고 시원한
소리가 나네

나는 돌아가 악동처럼,
둘둘 말아 사람을 세워놓고
나를 세워놓고
엉덩이 살을 베어
얼굴에
두 볼에 붙이고
모자를 얹어
나는 살쪄 웃는다

내가 눈 속으로 아주 다 들어갈 때까지

동천冬天에 별 돋고

저 하늘에
누가 젖은 파래를 널어놓았나

파래를 덮고 자는 바닷가 아이의 꿈같이

별이 하나 둘
쪽잠 들러 나의 하늘에 온다

극빈 1

열무를 심어놓고 게을러
뿌리를 놓치고 줄기를 놓치고
가까스로 꽃을 얻었다 공중에
흰 열무꽃이 파다하다
채소밭에 꽃밭을 가꾸었느냐
사람들은 묻고 나는 망설이는데
그 문답 끝에 나비 하나가
나비가 데려온 또 하나의 나비가
흰 열무꽃잎 같은 나비 떼가
흰 열무꽃에 내려앉는 것이었다
가녀린 발을 딛고
3초씩 5초씩 짧게 짧게 혹은
그네들에겐 보다 느슨한 시간 동안
날개를 접고 바람을 잠재우고
편편하게 앉아 있는 것이었다
설핏설핏 선잠이 드는 것만 같았다
발 딛고 쉬라고 내줄 곳이
선잠 들라고 내준 무릎이
살아오는 동안 나에겐 없었다
내 열무 밭은 꽃밭이지만
나는 비로소 나비에게 꽃마저 잃었다

극빈 2
― 독방獨房

칠성 여인숙에 들어섰을 때 문득, 돌아 돌아서 독방獨房으로 왔다는 것을 알았다

한 칸 방에 앉아 피로처럼 피로처럼 꽃잎 지는 나를 보았다 천장과 바닥만 있는 그만한 독방에 벽처럼 앉아 무엇인가 한 뼘 한뼘 작은 문을 열고 들어왔다 흘러나가는 것을 보았다

고창 공용버스터미널로 미진 양복점으로 저울 집으로 대농 농기계수리점으로 어둑발은 내리는데 산서성의 나귀처럼 걸어온 나여,

몸이 뿌리로 줄기로 잎으로 꽃으로 척척척 밀려가다 슬로비디오처럼 뒤로 뒤로 주섬주섬 물러나고 늦추며 잎이 마르고 줄기가 마르고 뿌리가 사라지는 몸의 숙박부, 싯다르타에게 그러했듯 왕궁이면서 화장터인 한 몸

나도 오늘은 아주 식물적으로 독방이 그립다

어느 저녁에

독의 뚜껑을
하나 하나씩 덮는

저녁은
저녁은
깊이 깊이
들어간다

나는 예닐곱
뚜껑을
덮고
천개天蓋로 나의
바깥을 닫고

미처 돌아오지 못한 것이 있다,

발을 씻고
몇 걸음 앞서
봄마루에 앉으면

너는 내게

아주 가까이는 아니게
산마루까지만 와

길고 긴
능선으로 돌아눕는다

자루

자루는 뭘 담아도 슬픈 무게로 있다

초봄 뱀눈 같은 싸락눈 내리는 밤 볍씨 한 자루를 꿔 돌아오던 가장家長이 있었다 그 발자국 소리를 듣고 일어나면 나는 난생 처음 마치 내가 작은댁의 자궁에서 자라난 것을 알게 된 것처럼 입이 뽀족한 들쥐처럼 서러워서 아버지, 아버지 내 몸이 무거워요 내 몸이 무거워요 벌써 서른 해 전의 일이오나 자루는 나를 이 새벽까지 깨워 나는 이 세상에 내가 꿔온 영원을 생각하오니

오늘 봄이 다시 와 동백과 동백 진다고 우는 동박새가 한 자루요 동박새 우는 사이 흐르는 은하銀河와 멀리 와 흔들리는 바람이 한 자루요 바람의 지붕과 석류石榴꽃 같은 꿈을 꾸는 내 아이가 한 자루요 이 끊을 수 없는 것과 내가 한 자루이오니

보릿질금 같은 세월의 자루를 메고 이 새벽 내가 꿔온 영원을 다시 생각하오니

번져라 번져라 병病이여

1.
개망초가 피었다 공중에 뜬
꽃별, 무슨 섬광이
이토록 작고 맑고 슬픈가

바람은 일고 개망초꽃이 꽃의 영혼이 혜성이 돈다

개망초가 하얗게 피었다
잠자리가 날 때이다
너풀너풀 잠자리가 멀리 왼편에서 바른편으로 혹은
거꾸로
강이 흐르듯 누워서 누워서

2.
　오늘 다섯 살 아이에게 수두가 지나가고, 나는 생각한다, 만
발하는 것에 대하여 수두처럼 지나가는 꽃에 대하여 하늘에
푸른 액정 화면에 편편하게 날아가는 여름 잠자리에 대하여
내 생각에 홍반처럼 돋다 사그라지는 것에 대하여
　그리하여 나는 지금 앓고 있는 사람이다

3.

그리고 나는 본다, 한 집의 굴뚝에서 너풀너풀 연기가 번져
나오는 것을 그 얼룩을

그리고 나는 안다, 이 뜨거운 환장할 대낮의 아궁이에 불을
지피는 한 여인을 그 얼룩을

에미가 황해도 무당이었고 남편은 함경도 어디가 고향이고
여인은 한때 소를 한때 묵뫼를 사랑했고 올여름 연기를 지독
히 사랑했고 불을 때는 버릇이 생겼다는 것을 그 얼룩을

연기는 아주 굼뜨고, 연기는 무학자이고, 연기는 나부이고,
연기는 풀이 무성한 묵밭이고

연기는 아궁이 앞에 퍼질러 앉은 그 여인이고, 갈라진 흙벽
의 정신이고, 미친 사람이고

나는 아니 보아도 안다, 벌써 스무 해 넘게 미쳐 지내온 저
여인이 어떤 표정으로 지금 앉아 있는지를

무얼 끓이느냐 무얼 삶느냐 물어도 여인은 손사래 쳐 무심
히 불만 밀어 넣을 것이라는 것을

몇 통의 물을 다만 끓이고 끓이고 있다는 것을

내 눈과 마주치곤 까르르 까르르 웃던 그 검은 얼굴을

4.

하늘의 밭에는 개망초가 잠자리가 연기가 수두처럼 지나가
고 있다 더듬더듬거리며 옮겨가고 있다

번져라 번져라 병病이여,

그래야 나는

살아 있는 사람이다

덤불

들찔레 가지에 새잎 돋아 덤불 한 겹에 푸른 잎물이 번진다

들찔레 가지에 새잎 돋아도 엉킨 내 뜻이 바뀌는 것은 아니지만

나의 팔에 팔을 손목에 손목을 굴곡屈曲에 굴곡을 한 획에 한 획을 가필해

나의 덤불은 육체는 부끄러움 없이 가을날까지 휘고 번진다

나의 오늘이 더 큰 참혹함을 부를 뿐이오나

새봄이 오면 나는 또 잊는다, 내 가슴 속 거대한 난필亂筆을

평상이 있는 국수집

평상이 있는 국수집에 갔다
붐비는 국수집은 삼거리 슈퍼 같다
평상에 마주 앉은 사람들
세월 넘어 온 친정 오빠를 서로 만난 것 같다
국수가 찬물에 헹궈져 건져 올려지는 동안
쯧쯧쯧쯧 쯧쯧쯧쯧,
손이 손을 잡는 말
눈이 눈을 쓸어주는 말
병실에서 온 사람도 있다
식당일을 손놓고 온 사람도 있다
사람들은 평상에만 마주 앉아도
마주 앉은 사람보다 먼저 더 서럽다
세상에 이런 짧은 말이 있어서
세상에 이런 깊은 말이 있어서
국수가 찬물에 헹궈져 건져 올려지는 동안
쯧쯧쯧쯧 쯧쯧쯧쯧,
큰 푸조나무 아래 우리는
모처럼 평상에 마주 앉아서

옥매미

낮 동안 나무 그늘 속에서 매미가 울 적엔
밤이 되어도 잠이 얇다

나는 밤의 평상에 누워 먼 길 가는 별을 보고 있다
검게 옻칠한 관 속을 한 빛이 흐른다
빛에도 객수客愁가 있다
움직이는 빛 사이를 흐르며 나는
목숨이 다하면 가 머무르는 중음中陰을 생각하느니
이생과 내생 그 사이를 왜 습한 그늘이라 했을까
매미는 그늘 속을 흐르다 나무 그늘로 돌아온 목숨
매미는 누굴 찾아 헤매어 이 여름을 우나

죽은 이의 검고 굳은 혀 위에 손톱만 한
옥매미를 올려주는 풍습이 저 고대에 있었다
슬픈 상징이 있었다

오오 이런!

　나의 집에는 묵은 오리 한 마리가 있다 암컷이다 알을 많이
낳아 뒤가
　청동주발 같다 항우울제를 먹고 살고 자두가 익는 오늘 황
혼에
　눈에 늪이 괴어 있었다 눈초리로 늪물이 흘러내리고
　있었다 옆구리 털이 뽑히고 살이 갉혔다 그때
　오리 곁으로 쥐 한마리가 기어왔다 땅구멍을 뚫어 오리 곁
으로
　왔다 번들번들했다 곁말 거는 척 도리반거리다 오리 곁으로
　바싹 기어왔다 갱지更紙를 갉는 소리가 났다 조금 후 구멍에서
　익사한 몸처럼 부푼 쥐와 새끼 쥐가 기어 나왔다 새끼 쥐는
　눈망울이 또랑또랑했다 일가一家였다 나와 오리와 세 마리
쥐가
　눈이 마주쳤다 오오 이런!

살얼음 아래 같은 데

가는, 조촘조촘 가다 가만히 한자리서 멈추는 물고기처럼

가라앉은 물돌 곁에서, 썩은 나뭇잎 밑에서 조으는 물고기
처럼

추운 저녁만 있으나 야위고 맑은 얼굴로

마음아, 너 갈 데라도 있니?

살얼음 아래 같은 데

흰 매화 핀 살얼음 아래 같은 데

무늬는 오래 지닐 것이 못 되어요

무늬는 오래 지닐 것이 못 되어요

시골 오일장이 서는 날에는 집짐승이 서로 사고 팔리는 날
에는

흰 개에 대한 오해가 있어서 장날 식전食前에 먹을 갈아

먹물을 흰 개 몸에 발라 큰 얼룩을 만드는 집이 어려선 있었
지요

흰 개를 검은 개로 반절은 만들어 옥시글거리는 장에다 내
었지요

흰 개는 배가 가렵다고 흙바닥에 기고 뒹굴고 뒷발로 옆구
리의 무늬를 긁어대었겠지요

그 무늬가 어떻게 되었겠어요

용케 개의 배를 손바닥으로 슥슥 문질러보고 값을 쳐주는
약삭빠른 장사치가 있었다지만

흰 개가 가난한 식구의 밥그릇을 빼앗아간다는 오해도 하나
의 무늬여서

알고도 모르는 척 속은 척 받아 넘기는 것이 무늬이었지요

개칠한 무늬는 보기만 해도 우습지만 무늬는 크게 쓸어내릴
것이 못 되었지요

무늬는 오래 지닐 것이 못 된다는 것을 알았기 때문이지요

어떡하나요 어떡하나요

그 구멍에 내가 그대가 살고 있다는 것을 왜 몰랐을까요
나는 땅 아래로 내려가는 땅벌레의 작은 구멍을 들여다보아요
아침밥 먹기 전엔 봉긋 봉긋 작은 흙무덤이었는데
내가 하얀 고봉밥을 한 그릇 먹고 난 사이 작은 흙무덤은 사
방으로 풀어헤쳐지고 빈 구멍이어요
나보다 늦잠을 자고 내가 알지 못하는 사이 무덤을 열고 누
군가 나오는 것이었는데
흙을 덮어 밤을 보내고 햇살에 무서리가 꼬들꼬들 마를 참
엔 무덤을 열고 또 어디로 가셨나요
나는 그 구멍에 숨어 산다는 이를 보지 못했어요 그 구멍은
땅벌레의 것인가요 나와 그대의 것인가요
무덤 안에 숨어 산다는 이를 보지 못했어요
나는 하루의 무덤을 보아요
나는 어제의 무덤을 오늘의 무덤을 보아요
어떡하나요 어떡하나요
어느덧 감잎 지고 무서리 내려 흙이 꼬들꼬들해지는 이 가
을빛 속에 나 홀로 설 적엔

:: 대상 수상 시인의 자선 대표작

문태준
가재미 외

가재미

김천의료원 6인실 302호에 산소마스크를 쓰고 암투병 중인
그녀가 누워 있다
바닥에 바짝 엎드린 가재미처럼 그녀가 누워 있다
나는 그녀의 옆에 나란히 한 마리 가재미로 눕는다
가재미가 가재미에게 눈길을 건네자 그녀가 울컥 눈물을 쏟
아낸다
한쪽 눈이 다른 한쪽 눈으로 옮겨 붙은 야윈 그녀가 운다
그녀는 죽음만을 보고 있고 나는 그녀가 살아온 파랑 같은
날들을 보고 있다
좌우를 흔들며 살던 그녀의 물 속 삶을 나는 떠올린다
그녀의 오솔길이며 그 길에 돋아나던 대낮의 뻐꾸기 소리며
가늘은 국수를 삶던 저녁이며 흙담조차 없었던 그녀 누대의
가계를 떠올린다
두 다리는 서서히 멀어져 가랑이지고
폭설을 견디지 못하는 나뭇가지처럼 등뼈가 구부정해지던
그 겨울 어느 날을 생각한다
그녀의 숨소리가 느릅나무 껍질처럼 점점 거칠어진다
나는 그녀가 죽음 바깥의 세상을 이제 볼 수 없다는 것을 안다
한쪽 눈이 다른 쪽 눈으로 캄캄하게 쏠려버렸다는 것을 안다
나는 다만 좌우를 흔들며 헤엄쳐 가 그녀의 물 속에 나란히
눕는다

산소호흡기로 들이마신 물을 마른 내 몸 위에 그녀가 가만
히 적셔준다

짧은 낮잠

낮잠에서 깨어나면
나는 꽃을 보내고 남은 나무가 된다

혼魂이 이렇게 하루에도 몇 번
낯선 곳에 혼자 남겨질 때가 있으니

오늘도 뒷걸음 뒷걸음치는 겁 많은 노루꿈을 꾸었다

꿈은, 멀어져 가는 낮꿈은
친정 왔다 돌아가는 눈물 많은 누이 같다

낮잠에서 깨어나 나는 찬물로 입을 한 번 헹구고
주먹을 꼭 쥐어보며 아득히 먼 넝쿨에 산다는 산꿩 우는 소
리 듣는다

오후는 속이 빈 나무처럼 서 있다

한 호흡

꽃이 피고 지는 그 사이를
한 호흡이라 부르자
제 몸을 울려 꽃을 피워내고
피어난 꽃은 한 번 더 울려
꽃잎을 떨어뜨려 버리는 그 사이를
한 호흡이라 부르자
꽃나무에게도 뻘처럼 펼쳐진 허파가 있어
썰물이 왔다가 가버리는 한 호흡
바람에 차르르 키를 한 번 흔들어 보이는 한 호흡
예순 갑자를 돌아 나온 아버지처럼
그 홍역 같은 삶을 한 호흡이라 부르자

산수유나무의 농사

산수유나무가 노란 꽃을 터트리고 있다
산수유나무는 그늘도 노랗다
마음의 그늘이 옥말려든다고 불평하는 사람들은 보아라
나무는 그늘을 그냥 드리우는 게 아니다
그늘 또한 나무의 한 해 농사
산수유나무가 그늘 농사를 짓고 있다
꽃은 하늘에 피우지만 그늘은 땅에서 넓어진다
산수유나무가 농부처럼 농사를 짓고 있다
끌어 모으면 벌써 노란 좁쌀 다섯 되 무게의 그늘이다

밤과 고둥

밤하늘 별들이 떼처럼 많다

고둥들이 푸른 바닥을 움직이어 간다

물이 출렁인다는 뜻일까

딱딱한 등짝이 말랐다 젖었다 한다

민물처럼 선한 꿈을 꾸는 깊은 밤

고둥들이 다닥다닥 돌에 올라선다

어두워지는 순간

어두워지는 순간에는 사람도 있고 돌도 있고 풀도 있고 흙덩이도 있고 꽃도 있어서 다 기록할 수 없네

어두워지는 것은 바람이 불고 불어와서 문에 문구멍을 내는 것보다 더 오래여서 기록할 수 없네

어두워지는 것은 하늘에 누군가 있어 버무린다는 느낌,

오래 오래전의 시간과 방금의 시간과 지금의 시간을 버무린다는 느낌,

사람과 돌과 풀과 흙덩이와 꽃을 한 사발에 넣어 부드럽게 때로 억세게 버무린다는 느낌,

어두워지는 것은 그래서 까무룩하게 잊었던 게 살아나고 구중중하던 게 빛깔을 잊어버리는 아주 황홀한 것,

오늘은 어머니가 서당골로 산미나리를 얻으러 간 사이 어두워지려 하는데

어두워지려는 때에는 개도 있고, 멧새도 있고, 아카시아 흰 꽃도 있고, 호미도 있고, 마당에 서 있는 나도 있고…… 그 모든 게 있어서 나는 기록할 수 없네

개는 늑대처럼 오래 울고, 멧새는 여울처럼 울고, 아카시아 흰 꽃은 쌀밥 덩어리처럼 매달려 있고, 호미는 밭에서 돌아와 감나무 가지에 걸려 있고, 마당에 선 나는 죽은 갈치처럼 어디에라도 영원히 눕고 싶고…… 그 모든 게 달리 있어서 나는 기록할 수 없네

개는 다른 개의 배에서 머무르다 태어나서 성장하다 지금은 새끼를 밴 개이고, 멧새는 좁쌀처럼 울다가 조약돌처럼 울다가 지금은 여울처럼 우는 멧새이고, 아카시아 흰 꽃은 여러 날 찬밥을 푹 쪄서 흰 천에 쏟아놓은 아카시아 흰 꽃이고…… 그 모든 게 이력이 있어서 나는 기록할 수 없네

 오늘은 어머니가 서당골로 산미나리를 베러 간 사이 어두워지려 하는데

 이상하지, 오늘은 어머니가 이것들을 다 버무려서

 서당골에서 내려오면서 개도 멧새도 아카시아 흰 꽃도 호미도 마당에 선 나도 한 사발에 넣고 다 버무려서, 그 모든 시간들도 한꺼번에 다 버무려서

 어머니가 옆구리에 산미나리를 쩌 안고 집으로 돌아왔을 때 세상이 다 어두워졌네

꽃 진 자리에

생각한다는 것은 빈 의자에 앉는 일
꽃잎들이 떠난 빈 꽃자리에 앉는 일

그립다는 것은 빈 의자에 앉는 일
붉은 꽃잎처럼 앉았다 차마 비워두는 일

맨발

어물전 개조개 한 마리가 움막 같은 몸 바깥으로 맨발을 내
밀어 보이고 있다
죽은 부처가 슬피 우는 제자를 위해 관 밖으로 잠깐 발을 내
밀어 보이듯이 맨발을 내밀어 보이고 있다
펄과 물 속에 오래 담겨 있어 부르튼 맨발
내가 조문하듯 그 맨발을 건드리자 개조개는
최초의 궁리인 듯 가장 오래하는 궁리인 듯 천천히 발을 거
두어 갔다
저 속도로 시간도 길도 흘러왔을 것이다
누군가를 만나러 가고 또 헤어져서는 저렇게 천천히 돌아왔
을 것이다
늘 맨발이었을 것이다
사랑을 잃고서는 새가 부리를 가슴에 묻고 밤을 견디듯이
맨발을 가슴에 묻고 슬픔을 견디었으리라
아— 하고 집이 울 때
부르튼 맨발로 양식을 탁발하러 거리로 나왔을 것이다
맨발로 하루 종일 길거리에 나섰다가
가난의 냄새가 벌벌벌벌 풍기는 움막 같은 집으로 돌아오면
아— 하고 울던 것들이 배를 채워
저렇게 캄캄하게 울음도 멎었으리라

살구꽃은 어느새 푸른 살구 열매를 맺고

외떨어져 살아도 좋을 일
마루에 앉아 신록에 막 비 듣는 것 보네
신록에 빗방울이 비치네
내 눈에 녹두 같은 비
살구꽃은 어느새 푸른 살구 열매를 맺고
나는 오글오글 떼 지어 놀다 돌아온
아이의 손톱을 깎네
모시조개가 모래를 뱉어놓은 것 같은 손톱을 깎네
감물들 듯 번져온 것을 보아도 좋을 일
햇솜 같았던 아이가 예처럼 손이 굵어지는 동안
마치 큰 징이 한 번 그러나 오래 울렸다고나 할까
내가 만질 수 없었던 것들
앞으로도 내가 만질 수 없을 것들
살구꽃은 어느새 푸른 살구 열매를 맺고
이 사이
이 사이를 오로지 무엇이라 부를 수 있을까
시간의 혀끝에서
뭉긋이 느껴지는 슬프도록 이상한 이 맛을

굴을 지나면서

늘 어려운 일이었다, 저문 길 소를 몰고 굴을 지난다는 것은. 빨갛게 눈에 불을 켜는 짐승도 막상 어둠 앞에서는 주춤거린다.

작대기 하나를 벽면에 긁으면서 굴을 지나간다. 때로 이 묵직한 어둠의 굴은 얼마나 큰 항아리인가. 입구에 머리 박고 소리 지르면 벽 부딪치며 소리 소리를 키우듯이 가끔 그 소리 나의 소리 아니듯이 상처받는 일 또한 그러하였다.

한 발 넓이의 이 굴에서 첨벙첨벙 개울에 빠지던 상한 무르팍 내 어릴 적 소처럼 길은 사랑할 채비 되어 있지 않은 자에게 길 내는 법 없다. 유혹당하는 마음조차 용서하고 보살펴야 이 굴 온전히 통과할 수 있다. 그래야 이 긴 어둠 어둠 아니다.

개미

처음에는 까만 개미가 기어가다 골똘한 생각에 멈춰 있는
줄 알았을 것이다

등멱을 하러 엎드린 봉산댁
젖꼭지가 가을 끝물 서리 맞은 고욤처럼 말랐다
댓돌에 보리이삭을 치며 보리타작을 하며 겉보리처럼 입이
걸던 여자
해 다 진 술판에서 한잔 걸치고 숯처럼 까매져 돌아가던 여자
담장 너머로 나를 키워온 여자
잔뜩 허리를 구부린 봉산댁이 아슬하다

호두나무와의 사랑

내가 다시 호두나무에게 돌아온 날, 애기집을 들어낸 여자처럼 호두나무가 서 있어서 가슴속이 처연해졌다

철 지난 매미 떼가 살갗에 붙어서 호두나무를 빨고 있었다

나는 지난여름 내내 흐느끼는 호두나무의 곡(哭)을 들었다
그러나 귀가 얇아 호두나무의 중심으로 한 번도 들어가 보지 못했다

내가 다시 호두나무에게 돌아온 날, 불에 구운 흙처럼 내 마음이 뒤틀리는 걸 보니 나의 이 고백도 바람처럼 용서받지 못할 것을 알겠다

돌배나무와 배나무

예순한 살의 아버지가 진흙을 발라 돌배나무에 접을 붙이고
있었다

얼굴은 잊혀지고 그 옛사람의 그림자만 남았다

사마귀 대가리처럼 치켜 오르던 꽃들의 잔치도 무덤덤해졌다
내 마음도 먹줄을 퉁긴 듯 고요해졌다

그러나,
사소한 후일담도 없이 돌배나무는 배나무로!

장편掌篇

늙은 손이 내 손을 쓸고 갔네, 외할머니 얕은 머리숱에 꽂힌 비녀처럼

가늘고 여린 손이 내 가슴을 쓸고 갔네, 마당을 쓸고 지나가는 싸리비처럼

그 손은 터진 평야에 몰아치는 회오리

아가야, 꽃모가지를 따다 그 손 위에 얹어라!

흰나비야, 그 손 위를 날아다녀라!

그러나, 그 손으로 고목나무처럼 걸어 들어가는 긴 주름만 있을 뿐

늙은 손이 내 손을 쓸고 지나가

내 몸에 열꽃이 피고 시냇물은 빠르게 움직이고 구름은 엉킬 여유 없이 흘러가고

들쑤셔놓은 벌집처럼 세월이 아프다

중심이라고 믿었던 게 어느 날

못자리 무논에 산그림자를 데리고 들어가는 물처럼
한 사람이 그리운 날 있으니

게눈처럼, 봄나무에 새순이 올라오는 것 같은 오후
자목련을 넋 놓고 바라본다

우리가 믿었던 중심은 사실 중심이 아니었을지도
저 수많은 작고 여린 순들이 봄나무에게 중심이듯
환약처럼 뭉친 것만이 중심은 아니라는 생각이 들었다

나의 그리움이 누구 하나를 그리워하는 그리움이 아닌지 모
른다
물빛처럼 평등한 옛날 얼굴들이
꽃나무를 보는 오후에
나를 눈물나게 하는지도 모른다

그믐밤 흙길을 혼자 걸어갈 때 어둠의 중심은 모두 평등하듯
어느 하나의 물이 산그림자를 무논으로 끌고 들어갈 수 없
듯이

| 수상 소감 |

샘을 치라는 말씀

샘의 바닥을 치고 한참을 쪼그려 앉아 기다리면 저 안쪽으로부터 가늘고 맑고 찬 물줄기가 샘으로 들어오는 것이었습니다. 샘의 안색이 바뀌는 그 참으로 더딘 시간을 아무것도 모르던 저는 하염없이 지켜보았던 것입니다. 지금 생각해보면 시를 빗대기를 천수답의 작은 샘이라 할 것이요, 시 쓰는 일을 샘을 치는 일이라 할 것입니다.

| 문학적 자서전 |

누구도 나에게 앞서 말해주지 않았던

시를 못 쓰게 될지도 모른다는 두려움이 있었고, 미아가 된 듯했고, 직장은 적응하기 쉽지 않았다. 대취하는 날이 많았다. 쓰러져 잠들어 일어나면 뒷골목이었고, 누군가가 지갑에서 지폐를 몽땅 빼간 후였다. 다시 시를 쓸 수 없을 거라고 생각했다. 스스로 황폐하다고 중얼거렸다. 그럴 때 두 선생님이 나를 잡아주었다.

샘을 치라는 말씀

샘의 바닥을 치고 한참을 쪼그려 앉아 기다리면 저 안쪽으로부터 가늘고 맑고 찬 물줄기가 샘으로 들어오는 것이었습니다. 샘의 안색이 바뀌는 그 참으로 더딘 시간을 아무것도 모르던 저는 하염없이 지켜보았던 것입니다. 지금 생각해보면 시를 빗대기를 천수답의 작은 샘이라 할 것이요, 시 쓰는 일을 샘을 치는 일이라 할 것입니다.

문태준

소월시문학상 수상 소식을 듣고 저는 서른 해 전쯤으로 멀찌감치 뒤로 물러나 있었습니다. 제가 아주 어렸을 때 저희 집은 천수답이 몇 마지기 있었습니다. 하늘만 바라보고 농사를 지었는데 땡볕에 일을 하다 보면 갈증이 생겼을 것입니다.

그런데 참으로 희한하게도 천수답 한 귀퉁이에 보자기만 한 넓이의 샘이 있었습니다. 아버지를 따라 논으로 가면 아버지는 저에게 가장 먼저 샘을 치라는 말씀을 하셨습니다. 봄에는 물풀이 자라 샘인지 분간되지 않았고, 추수를 하는 가을에는 낙엽과 마른 풀들이 샘을 메워 샘인지 분간되지 않았습니다. 얼핏 보아서는 존재도 알 수 없고, 쓸모도 없어 보이는 작은 샘이었습니다.

팔을 걷고 저는 그 샘을 말끔하게 치는 일을 먼저 했습니다. 물풀을 걷어내고 낙엽을 드러내면 함지박만 한 깊이가 생겼습니다. 흙탕물이 막 일어 더욱 쓸모없는 샘이 되어버렸습니다. 그런데 그렇게 샘의 바닥을 치고 한참을 쪼그려 앉아 기다리면 어디서부터 오는지 알 수 없으나 저 안쪽으로부터 가늘고 맑고 찬 물줄기가 샘으로 들어오는 것이었습니다. 흰 뱀 같은 물줄기가 풀려나오고 풀려나오면서 다시 샘을 돌돌 돌면서 흙탕물이던 샘은 아주 느릿느릿하게 맑아지는 것이었습니다. 샘의 안색이 바뀌는 그 참으로 더딘 시간을 아무것도 모르던 저는 하염없이 지켜보았던 것입니다.

그러면 들일을 하던 아버지가 어느새 내 등 뒤로 와서는 땀을 식히시면서 "샘을 시원하게 아주 잘 쳤다!" 하시는 것이었습니다. 그러곤 넓은 풀잎사귀를 하나 들고 그걸 깔때기처럼 만들어 한 잎의 물을, 한 움큼의 물을 들이켜시는 것이었습니다. 들일의 갈증을 해소하시는 것이었습니다.

잘은 모르되, 지금 생각해보면 시를 빗대기를 천수답의 작은 샘이라 할 것이요, 시 쓰는 일을 샘을 치는 일이라 할 것입니다. 샘을 치는 일은 저에게는 유년 이래로 독특하고도 칭찬받는 일이요, 앞으로도 가장 시급히 앞을 다투어 해야 할 일이 될 것입니다.

그러나, 시 쓰는 일은 참으로 더욱 어렵게 되었습니다. 수십 년 동안 시를 써오신 분들을 뵈면 참으로 존경스럽습니다. 시 한 편 받으려면 새벽까지 흰 종이 앞에 막막하게 앉아 있어야 하는 저로서는 그 고통을 과연 앞으로 잘 견뎌낼 수 있을지 반은 의심스럽습니다. 게다가 저는 길을 가더라도 길눈이 어두운 사람이고, 길을 가더라도 곧장 내질러 가지 못하고 에둘러 가는 사람이어서 참으로 걱정이 많습니다.

그러니 저는 안개 속을 걸어가는 사람일진대 당도하는 곳이 어디쯤이 될지 기약할 수 없는 사람입니다. 돌이 물 위를 가듯 담방담방 갈 줄 아는 사람이 아니라 조촘조촘 내성적으로 가는 사람입니다. 술 취한 사람처럼 비틀비틀 굴곡으로 길을 가는 사람일진대 언제쯤 도착할 거라는 기별도 드릴 수 없는 사람입니다.

하지만, 이 큰 상을 주시니 저에게 이제 시 쓰는 일은 헐후하게 할 일이 아니게 되었습니다. 엄살을 부리자면 이제 수마睡魔를 아주 물리치게 되어버렸습니다. 잠 못 드는 새벽을 보내주셔서 고맙습니다. 헤어지지 못할 사람을 제 식구로 보내주셔서 고맙습니다.

사람이 허물어지는 게 '마루가가 니구수를 에워싸는 것과 같다' 했습니다. 마루가는 덩굴 풀인데 이 덩굴이 나무를 감으면 나무는 죽는다고 합니다. 사람에게 병이 오고 무너지는 게 찬 서리가 여러 숲을 시들게 하는 것과 같다 했습니다. 무너지는 일을 준비해야 할 것입니다. 해서 시는 무너지는 목숨에 대하여, 무너지는 목숨이 겪는 고통에 대해 말할 수 있어야 한다고 생각합니다. 싯다르타에게 그러했던 것처럼 왕궁이면서 화장터인 것이 이 한 목숨이요, 이 세계입니다. 저의 시는 이런 것을 노래하는 슬픈 악보가 되어도 좋겠습니다.

그러나 이제는 바람처럼 나를 스쳐가는 사람들에 대해 노래해도 좋겠습니다. 내 마을에 사는 사람들에 대해, 내 마을에 이웃해 사는 사람들에 대해, 내 조국 구석구석에 사는 사람들에 대해, 내 조국에 이웃해 사는 사람들에 대해 노래해도 좋겠습니다. 이슬의 눈망울을 지닌 아이의 동화 같은 마음에 대해,

넥타이로 목을 묶고 걸어가는 중년에 대해, 빈 의자에 앉은 노년에 대해 노래해도 좋겠습니다. 그들을 밥상머리에 다 둘러앉혀도 좋겠습니다. 그들을 평상으로 불러 가난한 국수를 내놓아도 좋겠습니다. 그들의 말을 곁에서 빠뜨리지 않고 듣겠습니다.

그리고 저를 호되게 경책하겠습니다. 봄이면서 동시에 가을인 마음을 잘 살피겠습니다. 넝쿨처럼 굴곡에 굴곡을, 변심에 변심을, 나태에 나태를 얹고 더해 뻗어가는 생각과 생각을 잘 살피겠습니다. 내 속에서 내 마음이 스스로를 *내파內破하는 소리를 해조음처럼 듣겠습니다. 가장 무서운 독사인 '나'를 한 뭇씩 잡아들이는 땅꾼이 되겠습니다.

나와 함께 밤하늘 별을 우러러 받들던 시골집 마당에게 감사합니다. 지칠 때 이불을 펴주는 가족에게 감사합니다. 만나면 술집에서 손을 꼭 잡아주는 시인들께 감사합니다. 큰 상을 주신 심사위원 선생님들께 감사드립니다. 문학사상사에 감사드립니다.

누구도 나에게 앞서 말해주지 않았던

시를 못 쓰게 될지도 모른다는 두려움이 있었고, 미아가 된 듯했고, 직장은 적응하기 쉽지 않았다. 대취하는 날이 많았다. 쓰러져 잠들어 일어나면 뒷골목이었고, 누군가가 지갑에서 지폐를 몽땅 빼간 후였다. 다시 시를 쓸 수 없을 거라고 생각했다. 스스로 황폐하다고 중얼거렸다. 그럴 때 두 선생님이 나를 잡아주었다.

문태준

생가生家이면서 난리통인

가구 수가 40호 남짓 되는, 경부선이 철커덩 철커덩 지나가는, 직지사 뒷산이 멀리 얼굴에 안개를 휘감고 있는 그곳은 내가 자라고 성장통을 앓았던 나의 고향. 올에 걸린 노루가 울고 뱀이 징글징글하게 살던 곳. 지금의 내 나이쯤 되었을 아버지가 얼어 죽은 산토끼를 한손에 들고 내려오는 모습이 손에 잡힐 듯 눈에 선한 곳.

그곳은 밤이 무서웠던 곳. 그랬다. 부부 싸움이 많았고, 술 주정뱅이가 양철 대문을 밤새 주먹으로 쳤고, 가족 싸움 끝에 사람들은 자살을 하러 경부선이 지나가는 철길로 갔다. 그래서 나도 언젠가 그 철길에 가서 전등을 켜 들고 집 나간 가족을 불렀다. 제발 살아 있기를 바라면서.

한바탕 폭풍이 지나간 다음에는 새벽이 왔지만, 그 새벽의 풍경 가운데서 내가 아직 또렷하게 기억하는 것은 감나무 아래로 사람들이 모이던 장면. 밤새 빨간 홍시가 떨어지면 사람들은 새벽에 감나무가 많은 그 언덕에 모여들었다. 바구니를 하나씩 들고 감나무 아래로 모인 그들은 허리를 굽혀가며 감잎 위로 떨어진 빨간 감들을 주웠다. 그것을 양식 삼으려고, 그것을 밥 대신 먹으려고. 그렇게 또 살아가자고. 아무것도 모르는 나도 누나들과 함께 가을날 새벽에는 그 감나무 밑으로 갔다. 아무도 서로에게 말을 건네지 않았다. 묵묵히 그 차고 말랑말랑한 감을 손 안으로 건져 올려 집으로 가져갔다.

저수지가 둘 있었다. 거머리가 들끓는 저수지에는 삶을 비관해 자살을 한 동네 사람이 더러 있었다. 시체는 수습되지 않았다. 동네 사람들이 대동회를 거쳐 그 저수지의 물을 다 빼기로 한 때를 기억하는데 씨알이 굵은, 정말이지 당시 나의 팔보다 더 굵고 긴 물고기들을 보았다. 놀랐다. "물고기들이 그 사람을 다 먹어치웠을 거야." 예닐곱 살 내 또래들은 그렇게 짐작했다. 그러나, 그 물속에서 일어난 일은 아무도 알지 못할 일.

우리 집을 근대화시킨 공로는 큰누나에게 있었다. 큰누나는 고등학교 악대부를 했다. 나중에 안 일이지만 아마도 누나는 주둥이가 나팔꽃 같은 호른을 불었던 것 같다. 흰색의 짧은 치마를 입고 폼 나게 찍은 사진을 살짝 본 적이 있었다. 하지만, 아버지와 어머니 그리고 우리 네 동생들은 누나가 악대부 하는 것을 몹시 싫어했다. 첫째는, 일요일마다 연습을 하러 학교에 갔기 때문에 밭 매는 일을 누나가 하지 않게 되어서 누나 몫의 일을 네 동생이 나눠서 해야 했기 때문에 덤으로 할 일이

생겼기 때문이었다. 둘째는, 누나가 많은 사람들 앞에서 짧은 치마를 입고 민망하게도 악대부 행렬을 뒤따라가는 그 광경을 흔쾌히 받아들이지 못했다. 모든 사람들의 시선에 누나가 노출된다는 것을 못마땅해했다. 드러내지 않고 조신해야 한다는 말을 누누이 들어온 까닭이었다. 하지만, 누나가 악대부의 경력으로 대구의 한 백화점 점원이 되었을 때 식구들의 생각은 조금씩 바뀌어갔다. 그리고 누나는 집에 올 적에 여러 백화점의 재화들을 사가지고 왔고, 사투리이긴 마찬가지였지만 새로운 도시어를 구사했고, 대구 도심의 유행에 대해 말했다. 그것은 다소 충격적으로 식구들에게 받아들여졌다. 그럼에도 거마비를 받아 뒷주머니에 찔러 넣듯 우리 가족은 누나의 변화를 천천히 받아들였다. 대놓고 거절할 수는 없지 않느냐는 식이었다. 우리 집의 처세와 변화는 그런 식이었다. 하지만, 이러한 누나의 이력은 아무도 다시 말하지 않았다. 큰 비밀이라도 된다는 듯이 누나도 가족도 말을 꺼내지 않았다. 다소 서로에게 불편한 기억이라도 된다는 듯이.

타관으로 나갔다 죽은 후에 다시 고향으로 돌아오는 사람들이 많았다. 타관에 섰어도 고향나무라는 속담처럼. 그래서 일요일 오전이면 으레 상여가 나갔다. 물론 마을에서도 사람들이 죽어나갔다. 상여가 나갈 때 우리는 집의 문을 모조리 다 걸어 잠갔다. 그 일에 우리는 귀신처럼 용했다. 아버지는 묘혈을 파는 일을 했고 저녁이 되어서 돌아오시면 싸구려 흰 운동화와 목장갑과 신문지에 싼 떡을 마루에 펼쳐놓았다. 군불을 때던 나는 아궁이에 그 꼬들꼬들한 떡을 구워 먹었다. 아버지는 내 곁에 가만히 앉아 계셨다. 아버지의 너른 가슴이 편편하고 마른 떡처럼 보였다.

집에는 텔레비전이 없었다. 적어도 열 살이 되는 1980년까지는. 그래서 가끔 친구네 집에 가서 텔레비전을 보았다. 그러다 보면 꼭 저녁밥 때가 되었다. 내가 자주 들른 그 집은 깻잎을 담가놓은 독 같았다. 그런 냄새가 났다. 텔레비전을 보고 있으면 꼭 저녁 밥상이 들어왔는데, 나는 그냥 텔레비전만을 보았다. 밥상에 숟가락을 하나 더 놓으며 친구의 어머니가 밥을 먹으라고 했다. 그러나, 그 자리서 밥을 얻어먹기도 곤란하고 그렇다고 숟가락과 그릇이 부딪히는 소리를 한쪽 귀로 들어가며 텔레비전을 계속 보는 척하기에도 곤란했다. '밥상이 들어오기 전에 후딱 그 집을 나왔어야 했어.' 나는 그렇게 마음속으로 중얼거렸으나 이미 늦은 일이었다. 결국 밥을 얻어먹었는지 아니면 끝까지 텔레비전의 프로그램이 끝날 때까지 뻣뻣하게 앉아 있다가 뒤통수를 긁으며 그 집을 나왔는지 잘 기억나지는 않는다. 그러나, 누군가 나에게 그때껏 살면서 참 곤란하다고 생각할 때가 언제냐고 물어준다면 나는 조금의 주저도 없이 친구 집에 텔레비전 보러갔다 저녁밥 들어올 때야, 라고 말했을 것이다.

아버지에게 평생 갚아야 할 고통을 안기다

이 일은 기억하는 것만으로도 통증이 온다. 중학교 2학년 당시 나는 김천으로 통학을 했다. 마을에서 김천 성의중학교까지는 한 시간이 더 걸렸는데, 아침에 추풍령에서 내려오는 이른바 학생버스를 탔다. (버스 승객의 대부분이 학생들이었으므로 우리는 간단하게 학생버스라고 불렀다) 학생버스는 콩나물 시루였다. 학생들을 다 태우고 버스 계단에 바른발을 걸쳐 버스의 몸체 옆면을 왼손바닥으로 세게 치며 "오라이!" 외치는 그 갓 스무 살의 여자를 우리는 '안내양'이라고 불렀다. 차창으로 가방을 먼저 밀어 넣고 맨몸으로 우리는 올라탔다. 몸만 싣고 가는 버스였다. 그 때문에 버스 정류장에 버스가 서면 서로의 가방을 차창 너머로 던져주느라 북새통을 이루었다. 아침에 그 버스를 놓치면 한 시간 정도를 기다려야 다음 완행버스가 왔으므로 우리는 승차에 필사적이지 않으면 안 되었다. 대개 도시락의 찬은 김치였는데, 가방을 차창 너머로 밀어 올릴 때 김치 찬통서 김치 국물이 얼굴에 쏟아졌다. 요실금처럼 줄줄 샜다. 옷이 김치 국물로 젖었다. 냄새가 시큼하고 고약했다. 책도 붉게 젖었다. 그것을 학교에 가면 햇볕에 펼쳐 말렸다. 그러나 종이에 밴 김치 국물 냄새는 좀체 가시지 않았다. 나는 그런 일이 있은 후 되도록이면 김치를 반찬으로 싸지 않았다. 여름에는 상추를 싸서 갔다. 겨울에는 무말랭이를 싸서 갔다. 창피한 일이 생기는 축보다 대충 허기를 때우면 될 일이었다. 사춘기였다.

그러던 중 중학교 2학년 여름에 느닷없이 병이 왔다. 고열과 환청에 시달렸다. 열 손가락을 바늘로 찌르고 열 발가락을 바늘로 땄다. 손발에 구멍이 숭숭 뚫렸다. 원하던 효험은 없었다. 아버지가 나를 업고 사방으로 뛰어다녔다. 나는 모래사장처럼 축 늘어졌다. 결국 김천에서 가장 용하다는 고려병원에 갔다. 의사가 고개를 들더니 좌우로 천천히 흔들었다. 머위 잎이 흔들리는 것 같았다. 잃을 것 같다고 했다. 죽을 것이라는 얘기였다. 나이가 많은 마을 사람들이 어린 나를 문병 왔다.

나는 방에서 거꾸로 누워 있었다. 누군가 머리를 아랫목 쪽으로 두고 거꾸로 누워 있어보라고 귀띔을 했기 때문이었다. 지금으로서는 가당찮은 처방이었다. 장마가 진 후 불어난 골물이 아래로 내려가는 환청에 시달렸다. 누군가 초코파이를 사와서 나를 들여다보고는 혀를 찼다. 또 누군가가 초코파이를 사서 왔다. 나는 그 후로 요즘도 초코파이는 거들떠보지도 않는다. 문병 갈 때 초코파이는 제발 사 가지 말라고 부탁을 한다. 결국 점을 치는 집에 갔다. 굿을 해야 한다고 했다. 어머니는 말이 떨어지기 무섭게 그러자고 했다. 그 말을 기다려온 사람처럼. 더 기댈 데가 없었다. 무당의 징이 마루에 들어오고, 아버지는 대나무를 쪄 왔다. 동네에서 가장 나이가 든 할머니가 대나무를 잡았다. 나를 마루에 눕히고 무당이 뭐라고 진언 비슷한 것을 외웠다. 대나무가 마구 흔들렸다. 새벽에 나를 마당으로 내려 데려가 옷을 벗기고 맨땅에 바로 눕히고는 가마니로 내 몸을 덮었다. 아버지가 삽으로 마당 흙을 파서 내 몸에 끼얹었다. 상징적인 장례 같은 것이었다. 불쌍한 나의 아버지. 나는 눈을 질끈 감았다.

며칠을 더 누워 있다 나는 용케 일어났다. 알 수 없는 일이었다. 무당의 말로는 당시 산판일을 하던 아버지가 목신이 든 나무를 베었기 때문이라고 했다. 목신을 달래주었기 때문에 내가 살아났다고 했다. 알 수 없는 일이었다. 어쨌든 아버지는 그 밤일에 대해 한 번도 그 후로 말씀을 꺼내신 적이 없었다. 나는 아버지보다 덜 고통 받았다.

쌀가마니를 지고

고등학교 생활은 심드렁했다. 고백컨대 나는 형사가 되고
싶었다. 동네에는 커서 강력계 형사가 된 형이 있었다. 종완이
형이었다. 몸이 아주 건장했다. 그는 여름날 물속에 허리를 담
근 상태서도 수면 위로 뛰어올라 상대방을 발로 타격할 수 있
는 사람이었다. 언젠가는 떼로 몰려온 학생 깡패들을 모조리
논두렁 아래로 던져버렸다는 소문이 났다. 나는 그걸 직접 보
지는 못했다. 그러나 그랬을 것이 틀림없다고 굳게 믿었다. 나
는 종완이 형처럼은 아니더라도 수사를 담당하는 수사과 형사
가 되고 싶었다. 내가 시인이 아니 되었다면 나는 지금쯤 시인
의 일과는 너무나 다른 세계의 일을 하고 있을 것이다. 고등학
교 때 점심시간이면 같이 맞잡고 가상의 격투를 치르며 함께
뒹굴던 친구가 한 명 있었다. 그는 결국 해양경찰서 수사과 형
사가 되었다. 나도 비슷한 길을 갔을 것이다. 고등학교 때 김
천 평화시장 골목은 싸움이 연방 벌어졌다. 대개가 세력 다툼
이었지만, 지나가는 사람의 꼬투리를 잡아 시비를 걸고 발목
을 걸어차 넘어뜨리는 일들이 많았다. 그들은 싸움의 실마리
를 찾는 사람들이었다. 집으로 오는 추풍령행 완행버스에서도
몇몇은 제일 뒷자리서 담배를 입에 비뚜름하게 물고는 시비를
걸고 주먹질을 하는 경우가 비일비재했다. 나는 그런 일들이
못마땅했고 자강이 필요하다고 생각했다.

그러나 고등학교 국어 선생님들은 나를 달리 보았다. 백일
장이 있을 때마다 나를 학교 대표로 보냈다. 그들의 기대대로
가끔은 상도 받아왔다. 대개 산문 부문 수상이었다. 시 백일장
은 한 번 나가봤는데, 시가 어떤 꼴로 쓰는 것인지 혹은 어떤

것이 시답다라고 할 수 있는 것인지 도무지 알지 못했다. 대학교 입학 응시 원서를 내기 위해 통일호를 타고 처음으로 서울에 올라왔다. 그리고 국문과 진학을 위한 시험을 치르러 다시 아버지와 함께 상경했다. 시험 전날 사촌누나 집에 머물렀는데, 아버지는 아무리 친척이라도 맨입으로 신세를 질 수는 없다며 쌀가마니를 한 가마니 지고 서울로 왔다. 사촌누나의 집을 찾아가기도 어려운 판에 버스를 바꿔 타며 그 쌀가마니를 지고 옮겼으니 요즘 생각하면 그런 수고를 할 사람이 아마도 없을 것이다.

국문과에 입학은 했으나 문학수업은 어려움이 있었다. 학교는 최루가스로 가득 찼고 수업은 정상적으로 진행되지 못했다. 동기 가운데 기타를 제법 치는 서울내기가 있었는데 나는 그가 또 부러웠다. 그를 흉내 내 뜯을 줄도 모르는 기타를 걸쳐 메고 며칠 학교에 간 적도 있었다. 그러나 성가신 일이었고, 더군다나 연일 학교 안팎에서 시위가 벌어지는데 기타나 둘러메고 한가하게 다닌다는 게 말이 안 될 일이었다.

국문과 내에 있었던 문예창작반의 창작 합평회는 여간 곤란한 것이 아니었다. 당시 문예창작반 선후배로는 이희중·강연호·박정대·권혁웅·장만호 시인들이 있었다. 처음 들어간 합평회에서 나는 어머니가 고사리를 꺾는 풍경을 몇 줄의 시로 썼는데, 내가 쓴 두 번째 시였다. 혹평을 받았다. 박정대 시인은 나의 시를 라이터 불로 태워버렸다. (내게 닥친 이 사건은 후일 학회 내에서 회자되었다. 선배들은 시에 소질이 없어 보이는 후배들에게 "문태준 시인이 처음 합평회에 발표했던 시보다는 지금 네 시의 수준이 낫다"라며 낙심한 후배들을 격려하고 위로했다고 한다.) 쌀가마니를 지고 시골서 올라온 나로서는 무척 자존심이 상하는 사건이었다. 나의 시 쓰는 일은 그런 몇몇 사건의 충격에서 비롯되었다.

2학년 여름방학 때 나는 시골집에 농사를 도우러 내려가면서 시집을 한 가방 샀다. 낮에는 자두와 포도를 따서 추풍령 청과상회에 내다 팔고 밤에는 시집을 읽었다. 100여 권을 읽고 났더니 어렴풋이 잡히는 게 있었다. 퍼진 물처럼. 움켜진 물처럼. 그러나 손아귀를 빠져나가는 물처럼.

땅에 묻어둔 흙탕 시집

2학년 2학기 때 명동성당 집회에 참가하기 위해 시내로 나갔다. 그러나 지하도를 건너다 계단에서 붙잡혔다. 뒷골목 담벼락에 세워졌다. 정강이를 걷어차이고 헬멧으로 머리를 두들겨 맞았다. 중부서까지 끌려갔다. 1차 조사를 하던 사람이 맞은편에 앉은 나를 보더니 "형사 하면 잘하겠구먼!" 하면서 웃었다. 못 알아들을 소리였다. 맙소사, 형사라니! 나는 입술 오른쪽을 당겨올리며 쓴웃음을 지어 보였다. 강서경찰서로 넘겨졌다. 새벽에 풀려났다. 학기를 마칠 때쯤 아버지가 휴학을 권했다.

1991년 1월에 시작한 군대생활은 여러 가지로 추웠다. 자대는 강원도 화천의 산악지대에 자리 잡은 부대였다. 민간인들을 만나기도 어려웠다. 시집을 읽고 싶었다. 뻔한 찬이지만 급식을 기다리는 훈련병의 허기 같은 것이었다. 처음 휴가를 나왔을 때 나는 찬물에 밥을 말아 들이켜듯 시집을 탐독했다. 그리고 귀대하는 날 두 권의 시집을 샀다. 한 장 한 장씩 낱장으로 시집을 찢었다. 그러곤 속옷 속으로 군복의 바지 속으로 그

것을 담았다. 귀대할 때 위병소에서는 일일이 물품을 검사했다. 다행히 낱낱으로 찢어진 시집은 위병소를 무사히 통과했다. 나는 그 한 편 한 편씩의 시를 보초 서는 무료한 낮 시간에, 재래식 화장실서, 참호 속에서, 눈발 속에서 읽었다. 이듬해 여름을 날 때에는 시집을 들고 귀대할 정도로 위병소 근무자들과 친해졌다.

그러던 어느 날 상급부대에서 사병들의 물품을 일일이 조만간 검사할 것이라는 소식이 있었다. 나는 시집과 몇 권의 소위 '불온한 책'을 비닐로 싸고 철제 탄약 박스에 넣은 다음 아무도 안 보는 틈을 타 땅에 묻었다. 예상대로 보안부대 소속으로 보이는 부사관들이 사병들의 개인 소유 물품들을 샅샅이 조사했다. 머리카락에 참빗이 지나가는 것 같았다. 지루한 장맛비가 지나가고 있었다. 그들이 돌아간 후 나는 책을 묻어둔 자리를 다시 팠다. 흙탕 시집이었다. 누렇게 흙물이 들었다. 골짜기에 큰 골물이 지나간 후처럼.

낮꿈처럼 온

내가 시 쓰느라 날마다 궁리를 하고 있다는 것을 김천 출신 친구들은 알 리가 없었다. 단언컨대, 우리는 공히 문학할 만한 사람들은 아니었다. 김천이라는 곳은 그러했다. 오로지 살 일을 걱정하는 곳이었다. 추풍령에서 완행버스가 김천 평화시장에 도착하면 김천의 장사치들이 몰려들어 마늘이며 산나물 보따리를 빼앗아가듯 낚아채 어디 구석진 곳으로 일단 간 후에 값을 흥정하기 시작하는 그런 곳. 김천은 적어도 나에게는 그렇게 보였다. 아득바득 악착을 부려야 살 수 있는 곳. 문학은

사치 같은 것이었다. 내세울 만한 것이 못 되었다. 판사나 검사, 군인이 김천에선 대우받았다. 김천 출신 친구들은 서로가 문학할 사람들이 아니라는 것을, 문학이 생계를 책임질 수 없다는 것을 잘 알았다. 물론 고등학교 때 몇몇 선후배가 '맥향 麥香'이라는 서클을 만들어 시화전을 열곤 했지만, 그 시의 수준이라는 것은 참혹했다. 나는 그들을 곱게 보지 않았다. 시화전에는 인근 학교 여고생들이 붐볐는데 나는 그네들이 시화전을 하는 속사정이 애초부터 시에 있지 않고 딴 데 있다고 생각했다. 그들에게 직접 물어보진 않았지만 나의 짐작이 9할은 맞을 것이다.

그런데 놀랄 일이 벌어졌다. 김연수라는 이가 《작가세계》에 시로 등단을 한 것이었다. 잡지에서 당선자의 약력을 보니 김천 출신이었다. 수소문을 해보았더니 그이는 나와 중고등학교를 같이 다닌, 본명이 김영수라는 이였다. 그를 만나러 정릉 언덕 집을 찾아갔다. 누추한 집이었다. 어디서 구했는지 시골 이발소 의자가 하나 있었다. 앉아보려 했더니 고양이의 오줌 얼룩이 있었다. 소주를 받아오고 라면을 끓여 나눠 먹었다. 나는 그동안 썼던 습작 원고 뭉치를 그의 앞에 내놓았다. 놀라는 눈치였다. "이대로만 쓰면 곧 등단하겠군!" 그가 낮게 말했다.

그날 그의 집 가까이 사는 권대웅 시인을 함께 만났다. 1994년 여름쯤이었을 것이다. 그맘때에 그를 통해 장석남 시인도 만났다. 장석남 시인을 통해 춘천 살던 이홍섭 시인도 만났다. 나에게는 문학적으로 큰 계기가 되었던 만남들이었다.

1994년 가을, 모교인 김천 고등학교에 교생 실습을 나갔다. 아침 회의에 참석을 했는데 교감 선생님과 젊은 선생님 사이에 고성이 오갔다. 숙직실 이불이 누더기인데 세탁도, 바꿔주지도 않으니 이건 거지의 이불만도 못하다는 불만이었다. 나는 조용히 복도로 나왔다. 어느 날 교장 선생님이 모교로 와서국어 선생님을 하지 않겠느냐고 물었다. 나는 즉답을 피했다.아버지는 그렇게 하라고 했고, 한때 나의 담임선생님이었던분은 고개를 절레절레 흔들었다.

고등학교 수업을 마치고 시골집으로 돌아온 어느 토요일 오후 나는 프로야구 중계를 보다가 낮잠에 빠져들었다. 그때 《문예중앙》으로부터 신인문학상 공모에 당선되었다는 뜻밖의 기별이 왔다. 낮꿈처럼 왔다. 그러나 곧 심드렁해졌다. 장닭이길게 울면서 담장을 훌쩍 넘어 나는 무료한 오후였다. 어쩌다나는 낮꿈을 꾸게 되었을까.

아몬드 호프와 두 선생님

1996년 3월에 불교방송에 입사했더니 같은 직장에 시 쓰는선배가 있었다. 장대송 시인이었다. 그를 따라 가끔 창비사 건물 1층 아몬드 호프엘 갔다. (당시 창비사는 마포에 있었다.)여러 선생님들이 있었고 나는 말석에 앉았다. 진지하고도 유쾌한 자리였다. 신경림 · 이시영 · 고형렬 · 김사인 · 임규찬 선생님들 틈에 끼어 말석에 앉았다. 등단 후 혼자 버려졌다고 느꼈을 때, 사는 일이 수수깡을 질겅질겅 씹는 일 같다고 느꼈을때 현대시학사 정진규 선생님으로부터 처음 원고 청탁을 받았고, 그 후 창비에 근무하던 고형렬 선생님으로부터 원고 청탁을 받았다. 사실 두 분의 원고 청탁은 고백컨대 당시 나에게는상당한 계기가 되었다. 시를 못 쓰게 될지도 모른다는 두려움이 있었고, 미아가 된 듯했고, 직장은 적응하기 쉽지 않았다. 대취하는 날이 많았다. 쓰러져 잠들어 일어나면 뒷골목이었고, 누군가가 지갑에서 지폐를 몽땅 빼간 후였다. 지하철 5호선이 개통되기 전 어느 날 밤도 마포역사 지하 계단에 잠들어 있다 출근했다. 다시 시를 쓸 수 없을 거라고 생각했다. 스스로 황폐하다고 중얼거렸다. 그럴 때 두 선생님이 나를 잡아주었다. 두 분께 이 일을 고백한 적이 없었다.

성륜사 조실 청화스님

방송 인터뷰를 하러 곡성 성륜사엘 찾아갔을 때 청화스님은 아주 크게 반겨주었다. 노구였다. 세상에서 가장 환하게 웃는 얼굴이었다. 웃음소리가 바깥으로 나오지는 않았지만 미소가 떠나지 않았다. 아주 마른 몸이었다. 청화스님이 앉은 자리 뒤로는 부처의 고행상이 있었다. 갈비뼈가, 늑골이, 얼굴의 뼈가 다 드러났다. 청화스님은 하루에 한 끼의 밥을 드셨고, 눕지를 않는 수행자였다. 대담 시작과 중간과 끝에 미소가 계속 번졌다. 처음도 중간도 나중도 다 그렇게 웃었다. 인터뷰가 끝나고 나서 나는 자지 않고 눕지 않는 장좌불와 수행에 대해 물었다. 청화스님이 또 웃었다. 나는 부끄러웠다. 그렇게 불교를 다시 만났다. 《벽암록》과 《조주록》과 《임제록》과 《유마경》과 《금강경》 등을 읽어나가기 시작했다. 눈물이 쏟아졌다.

오늘은

고양시 행신동에 산 지 10년이 지났다. 오늘은 조계사에 가서 작은 목탁 하나를 샀다. 오늘은 다현이와 형식이를 데리고 대형 할인점에 가서 거북 두 마리를 샀다. 거북의 먹이를 샀다. 오늘은 눈이 멀어지는 아버지에게 전화를 넣었다. 오늘은 눈이 멀어지는 아버지가 택배로 보내온 칡즙을 받았다. 오늘은 아이 둘을 데리고 산길을 두어 시간 걷다 돌아왔다. 발을 씻고 하얀 원고지 앞에 앉았다. 새로 갓 쓴 내 시를 아내가 읽어주었다. 돌아보면 시간이 계속 흐르고 있었다. 담배를 빼어 물고 의자에서 일어나면 의자가 비어 있었다. 거실에서 카드 마술을 선보이면서 웃던 아이들은 어느새 이불을 덮고 잠들어 있다. 아내도 잠들었다. 라디오를 켰다. 라디오에서 계속 소리가 나왔다. 낮고 우울하다가 높고 밝은 소리가 나왔다. 피아노와 첼로와 사람의 목소리가 번갈아 나왔다. 고향의 시골집이 멀리 보였다. 삽짝까지 쫓겨난 아이가 울고 서 있다. 누나가 나와서 나를 데리고 집으로 들어가고 있다. 입 안이 쓰다. 누구도 나에게 앞서 말해주지 않았던 시간들이 나를 통과해 내 뒷등으로 빠져나간다. 누구도 나에게 앞서 말해주지 않은 시간들이 오고 있다. 시계를 본다. 잠들 것인가 잠깐 고민을 한다. 그냥 무연히 시간을 지켜보기로 한다.

:: 대상 수상 시인 문태준과 그의 작품세계

'영원' 이라는 자루
김춘식(문학평론가 · 동국대 국문과 교수)

존재론적인 불안, 슬픔의 근원을 바라보면서 그 긴장을 정서적인 알레고리를 통해 사물의 이미지 속에 투영하는 최근의 시적 성취는 '정서' 와 '상징적 비의' 사이의 경계를 허물면서, 자신의 진정성을 관철하는 기법적 성실성과 전문성을 유감없이 보여준 결과이다.

복원된 '외로운 버러지 한 마리' 의 시학
이홍섭(시인 · 문학평론가)

문태준 시인의 시는 대부분 우리가 잃어버린 것, 우리가 잊고 사는 것, 우리가 애써 돌아보지 않으려 하는 것들을 펼쳐 보임으로써 소월이 자신의 '버러지 시론' 에서 말한 영혼의 소리를 듣게 만든다.

'영원' 이라는 자루

존재론적인 불안, 슬픔의 근원을 바라보면서 그 긴장을 정서적인 알레고리를 통해 사물의 이미지 속에 투영하는 최근의 시적 성취는 '정서'와 '상징적 비의' 사이의 경계를 허물면서, 자신의 진정성을 관철하는 기법적 성실성과 전문성을 유감없이 보여준 결과이다.

김춘식(문학평론가 · 동국대 국문과 교수)

1

문태준 시인은 자신의 작품에서 종종 '기억記憶' 이라는 호명 呼名을 통해 '사라짐의 역설' 을 말한다. 모든 것이 '사라진다' 는 것과 그 사라짐 뒤에 '남은 여운', 그 양자 사이에서 그의 흔적에 대한 탐구심이나 눈에 보이지 않는 '영원성' 에 대한 상상력이 싹트곤 한다. 이런 그의 시적 특징은 그의 시적 자의식 이나 미학으로 발전되면서 시인의 '마음' 속에 각인된 하나의 상像으로 표출되곤 하는데, 이러한 이미지는 그 형태의 다양성 에도 불구하고 하나의 근원적인 '상징' 을 향해 뻗어나가는 긴 촉수를 가지고 있다.

이런 상징은 '빈손' 의 허허로움과 그 뒤에 남은 '영원' 의 흔적 혹은 아우라에 대한 느낌을 담고 있는데, 그가 바라보는 영원은 이 점에서 '초월' 의 의미를 지닌 것이 아니라 '슬픈 반복' 혹은 '윤회'의 형태를 지닌 것으로 여겨진다.

종결된 영원이 아니라 다시 무수히 반복될 '허허로움'에 대한 예감으로 감지되는 '영원'의 의미는 "끊을 수 없는 것과 내가 한 자루이오니"(《자루》)라는 구절에서 적절히 표현되고 있듯이 '단절'이 아닌 연속, 즉 '영원 회귀'의 상징으로 그 모습을 나타낸다.

이 점에서 그의 기억은 어쩌면 현세의 것이 아니라 저 먼 과거 혹은 전 생애를 뒤로 가로 지른 '반복될 미래'의 이미지이기도 하다. 이런 현세의 '허허로움'은 "이생과 내생 그 사이를 왜 습한 그늘이라 했을까/ 매미는 그늘 속을 흐르다 나무 그늘로 돌아온 목숨/ 매미는 누굴 찾아 헤매어 이 여름을 우나"(《옥매미》)라는 질문 속에 깊이 아로새겨 있는 것이기도 하다.

이 점에서 그의 시에서는 종종 구체적인 기억은 사라지고 과거와 미래를 매개하는 하나의 '상징'이 어렴풋이 그 모습을 나타내곤 한다. 지금까지 사물의 '이미지' 속에 담겨 있는 아름다움 혹은 매혹의 감정에 탐닉함으로써 자신의 시적 향방을 생각하던 시인의 지향이 어느덧 '꽃'을 넘어서 '찰나'의 상징에 대한 '명상'으로 전환되는 징후는 이 점에서 특히 주목을 요하는 것이라고 생각된다.

2

최근의 시편 중에서 〈극빈 1〉이라는 작품은 이런 변화를 상당히 조심스럽게 보여주는 작품이다.

열무를 심어놓고 게을러

뿌리를 놓치고 줄기를 놓치고
가까스로 꽃을 얻었다 공중에
흰 열무꽃이 파다하다
채소밭에 꽃밭을 가꾸었느냐
사람들은 묻고 나는 망설이는데
그 문답 끝에 나비 하나가
나비가 데려온 또 하나의 나비가
흰 열무꽃잎 같은 나비 떼가
흰 열무꽃에 내려앉는 것이었다
가녀린 발을 딛고
3초씩 5초씩 짧게 짧게 혹은
그네들에겐 보다 느슨한 시간 동안
날개를 접고 바람을 잠재우고
편편하게 앉아 있는 것이었다
설핏설핏 선잠이 드는 것만 같았다
발 딛고 쉬라고 내줄 곳이
선잠 들라고 내준 무릎이
살아오는 동안 나에겐 없었다
내 열무 밭은 꽃밭이지만
나는 비로소 나비에게 꽃마저 잃었다
　　　　　　　　　　　　—〈극빈 1〉 전문

　'뿌리'나 '줄기'를 놓치고 간신히 '꽃'을 얻었다는 것은 일
종의 시적 변명이고 또한 그의 '겸손함'을 드러내는 표현이다.
바꾸어서 말하면 그는 이제껏 뿌리나 줄기가 아닌 오직 '꽃'만

을 생각해왔고, 그는 채소밭에 지금 '흰 열무꽃'을 파다하게 피워놓았다는 것이다. 그런데, 이 지점에서 시인에게 던져진 화두는 아이러니하게도 '선문답禪問答'의 형식으로 주어진다.

"채소밭에 꽃밭을 가꾸었느냐/ 사람들은 묻고 나는 망설이는데/ 그 문답 끝에 나비 하나가/ 나비가 데려온 또 하나의 나비가/ 흰 열무꽃잎 같은 나비 떼가/ 흰 열무꽃에 내려앉는 것이었다". 화두처럼 주어진 뿌리·줄기·꽃의 구분은 이 순간 '나비'의 이미지에 의해서 순식간에 '무화無化'되고 만다.

꽃잎에 앉아 있는 나비의 상징은 시인의 '소유욕'이 무화되는 한순간을 의미한다. 뿌리도, 줄기도 아닌 오직 꽃에 집중되어 있던 시인의 관심은 일종의 '매혹'이라고 불러도 좋을 것이다. 이런 매혹은 채소밭에 꽃을 기른 것처럼 현실적인 욕망과는 거리를 두는 일종의 '가난의 자의식'이다.

그러나 이러한 가난의 자의식이 철저히 무너지는 순간이 시인의 눈앞에서 펼쳐지는데, 그 장면에서 시인은 "가녀린 발을 딛고/ 3초씩 5초씩 짧게 짧게 혹은/ 그네들에겐 보다 느슨한 시간 동안/ 날개를 접고 바람을 잠재우고/ 편편하게 앉아 있는 것이었다/ 설핏설핏 선잠이 드는 것만 같았다"라는 '나비'의 시간, '순간과 영원'이 함께 드러나는 '찰나'를 발견한다.

'아름다움에의 매혹'이 감당할 수 없는 더 높은 단계의 '극빈' 즉 가난이 일종의 '깨달음'으로 그에게 나타난 것이다. 이 점에서 시인이 새롭게 발견한 '무소유' 혹은 '허허로움'의 미학은 아름다움에의 집착마저 버리는 '찰나'의 미학이고 '순간성'의 극치라고 할 수 있다. 스스로 가꾼 꽃밭마저 나비에게 내어주는 이 장면은 일종의 '상징'이다.

"3초씩 5초씩 짧게 짧게" 그러나 "그네들에게는 보다 느슨한" 마치 그 짧은 순간 동안 선잠이 드는 것 같은, '찰나'와 '영원'이 소통하는 '절정의 순간'을 발견하는 순간 꽃의 상징으로 가득 찼던 그의 시적 자의식은 '춘몽' 혹은 '찰나의 꿈'을 암시하는 나비에 의해 철저하게 점령당하고 만다.

  매혹과 아름다움의 욕망을 무화시키는 '순간성', '공허'의 미학은 다시 번역하면 '극빈'의 미학이기도 하다. 사라짐의 의미에 대하여 묻는 그의 시적 화두는 이 점에서 '빈손의 미학'이고 동시에 '사라짐'의 뒤에 남는 철저한 '소멸'의 미학이기도 하다. 실존 혹은 존재의 의미이든, 아름다움이든, 자아의 끊을 수 없는 '욕망'이 무화되어 증발해 버리는 지점에 대한 '명상'으로 전환된 그의 시적 향방은 이 점에서 '무의미' 혹은 '생의 비의秘意'가 언어적 해석을 넘어서려고 하는 한 지점에서 아슬아슬하게 서 있는 것처럼 보인다.

    하늘에 잠자리가 사라졌다

    빈손이다

    하루를 만지작만지작 하였다

    두 눈을 살며시 또 떠보았다

    빈손이로다

완고한 비석 옆을 지나가 보았다

무른 나는 금강金剛이라는 말을 모른다

그맘때가 올 것이다, 잠자리가 하늘에서 사라지듯

그맘때에는 나도 이곳서 사르르 풀려날 것이니

어디로 갔을까

여름 우레를 따라갔을까

여름 우레를 따라갔을까

후두둑 후두둑 풀잎에 내려앉던 그들은

— 〈그맘때에는〉 전문

　　"무른 나는 금강金剛이라는 말을 모른다"라는 시인의 전언은
'완고한 비석'으로 상징되는 '의미의 중심' 즉 '자아의식'에
대한 단적인 부정이라고 할 수 있다. 이 점에서 그의 시는 의미
를 지향하기보다는 어떤 '형상'이나 '상징'·'느낌'·'예감'
의 표현을 지향한다.
　　"그맘때"로 나타나는 '사라짐'의 순간, '빈손'의 느낌이 '사
르르' 온몸을 감싸는 순간에 대한 상상적인 체험은 분명히 신
비적인 것임에 분명하다. "후두둑 후두둑 풀잎에 내려앉던" 구

체적인 감각의 대상들이 '하늘에서 사라져버린다'. 감각의 구체성과 '돌연한 사라짐' 사이에 있는 '초월성'에 대하여 그는 어떠한 해답도 지니고 있지 못하며 또한 스스로에게 해석을 요구하지도 않는다.

이런 대비는 일종의 '운명'에 대한 명상이나 자각으로 연결되게 마련인데, 그가 이 순간 발견하는 것은 '의미'가 아닌 상징, 즉 '슬픈 상징'이다.

'빈손의 슬픔'은 어디에서 오는가.

그것은 우주적인 것에 대한 '겸손'과 '경배' 속에서 나타나며 동시에 다분히 상징적인 '제의'를 통해서 발견된다. 그러나 이런 시 속에는 더 이상 자아의 낭만적인 확장을 통한 우주와의 풍요로운 일체감은 존재하지 않는다. '충만한 영원성'을 개체아인 자아에게서 확인하는 '일원론적 우주관'은 '소멸'의 무수한 반복, '죽음의 미학', '영원히 반복되는 개체의 영원회귀' 사상을 향해 나아가는 문태준 시인의 생각과는 이 순간 작별을 고한다. 개체는 우주로 확장되는 전체가 아니라 우주와 긴밀히 연관된 한 부분으로서 감각적인 소통과 교감을 주고받을 뿐이다.

3

우주의 영원성과 긴밀히 연관된 개체의 운명은 '영원한 시간 여행자'에 비유될 수 있을 만큼 고단한 것이고 슬픈 것이다. 종종 '형벌'의 비유로 표현되는 삶과 운명의 속박은 이 점에서 문태준의 시에서 '존재의 슬픔'으로 표현될 수 있는 것이다. '시시포스'가 바위를 굴리듯이, 반복되는 순환의 고통을

'감내' 하는 개체의 실존적 의지는 문태준의 시에서 '슬픔' 의 '승화' 혹은 연민으로 '전유' 된다.

이런 전유의 결과는 '모든 만물과 생명' 에 대한 교감과 연민으로 바뀌는데, 이런 연민을 시인은 감상성을 철저히 배제한 '운명의 직시' 를 통해 자신의 정서로 만들려고 한다.

> 낮 동안 나무 그늘 속에서 매미가 울 적엔
> 밤이 되어도 잠이 얇다
>
> 나는 밤의 평상에 누워 먼 길 가는 별을 보고 있다
> 검게 옻칠한 관 속을 한 빛이 흐른다
> 빛에도 객수客愁가 있다
> 움직이는 빛 사이를 흐르며 나는
> 목숨이 다하면 가 머무르는 중음中陰을 생각하느니
> 이생과 내생 그 사이를 왜 습한 그늘이라 했을까
> 매미는 그늘 속을 흐르다 나무 그늘로 돌아온 목숨
> 매미는 누굴 찾아 헤매어 이 여름을 우나
>
> 죽은 이의 검고 굳은 혀 위에 손톱만 한
> 옥매미를 올려주는 풍습이 저 고대에 있었다
> 슬픈 상징이 있었다
>
> ─〈옥매미〉 전문

인용한 시 2연의 "검게 옻칠한 관 속을 한 빛이 흐른다/ 빛에도 객수客愁가 있다/ 움직이는 빛 사이를 흐르며 나는/ 목숨이

다하면 가 머무르는 중음中陰을 생각하느니/ 이생과 내생 그 사이를 왜 습한 그늘이라 했을까"라는 구절에서 보듯이, 삶과 죽음의 영원한 윤회에 대한 시인의 단상은 "중음中陰"이라는 경계, 즉 사이에 대한 사유로 뻗어간다.

그 중음의 이미지는 시인으로 하여금 7년 동안의 긴 그늘을 지나 다시 나무의 그늘로 돌아온 '매미의 울음'에서 시인의 운명을 연상하도록 유도한다. '매미는 누굴 찾아 헤매어 우나'라는 질문은 이 점에서 해답이 없는 메아리와 같은 것이다. '매미의 울음'이 운명인 것처럼, 거부할 수 없는 삶과 죽음의 고리는 '고대의 풍습' 혹은 '신화'의 상징성을 시인의 내면으로 소환한다.

"슬픈 상징"으로 호명된 '매미'는 이 점에서 "죽은 이의 검고 굳은 혀"에 새로운 생명성이 깃들기를 희망하는 고대인의 염원에 대한 시인의 '서글픈 연민', '객수客愁'와 동일시된다.

"죽은 이의 검고 굳은 혀 위에 손톱만 한/ 옥매미를 올려주는 풍습"은 이 점에서 '거부할 수 없는 영원의 슬픔', '무한 반복'되는 '객수客愁'의 한 표상이다. 문태준 시인의 '영원성'은 이 점에서 그 자체 안에 '사라짐'과 '죽음'을 포함하는 미학적인 상징을 낳는다. 영원 반복하는 생을 '슬픔'으로 번역하고 나면, 그 슬픔은 결국 생의 모든 의미를 함축한 궁극적인 상징이 된다.

이 점에서 시인이 추구하는 미학이 도달하는 지점은 목적이나 의미가 무화되어 있는 '상징'의 발견에 도달하게 되는데, 그러한 상징은 사물의 실제적인 이미지를 넘어서 시인의 의식과 우주의 교감을 담은 새로운 언어로 변환된다.

'극빈'·'옥매미'·'빈손'·'열무꽃'·'자루' 등 최근 그의 시편에 등장하는 사물은 이 점에서 모두 상징적인 의미를 지닌 시어들이다. 감각으로 다가온 사물을 '상징'으로 만드는 힘은 이 점에서 '순간'과 '영원'의 의미를 무한히 순환 반복하는 '윤회론적 우주'를 통해 사유하는 그의 '상상력'에서 뻗어 나온 것이다.

그의 상상력의 촉수가 어루만지는 사물에서 구체적인 감각 너머의 '저편'을 읽을 수 있는 것은 이런 이유 때문이다. 이 점에서 상징은 감각계의 사물과 '영감' 혹은 '영혼'의 울림 사이를 매개하는 '본질적 형상'의 암시이며 그 자체가 '언어로 번역되지 않는 우주와 인연'의 의미로 현현하고자 한다.

　자루는 뭘 담아도 슬픈 무게로 있다

　초봄 뱀눈 같은 싸락눈 내리는 밤 볍씨 한 자루를 꿔 돌아오던 가장家長이 있었다 그 발자국 소리를 듣고 일어나면 나는 난생처음 마치 내가 작은댁의 자궁에서 자라난 것을 알게 된 것처럼 입이 뾰족한 들쥐처럼 서러워서 아버지, 아버지 내 몸이 무러워요 내 몸이 무러워요 벌써 서른 해 전의 일이오나 자루는 나를 이 새벽까지 깨워 나는 이 세상에 내가 꿔온 영원을 생각하오니

　오늘 봄이 다시 와 동백과 동백 진다고 우는 동박새가 한 자루요 동박새 우는 사이 흐르는 은하銀河와 멀리 와 흔들리는 바람이 한 자루요 바람의 지붕과 석류石榴꽃 같은 꿈을 꾸는 내

아이가 한 자루요 이 끊을 수 없는 것과 내가 한 자루이오니

　보릿질금 같은 세월의 자루를 메고 이 새벽 내가 꿔온 영원
을 다시 생각하오니

　　　　　　　　　　　　　　　　　　　　—〈자루〉 전문

　그러나 또한, 위의 시에서처럼 시인의 뛰어난 감각적 언어가
만들어내는 '자루' 의 상징은, '자루' 라는 단어 속에 의미와 정
서가 동시에 담겨지는 과정을 여과 없이 보여준다. "초봄 뱀눈
같은 싸락눈"과 "밤 볍씨 한 자루" 그리고 "무러워요"라는 말
의 반복은, 사물의 이미지가 시인이 제시하는 상징적인 상황
속에서 어떻게 전환되는지를 잘 드러낸다.

　싸락눈, 볍씨 한 자루, 그리고 내가 꿔온 영원은 '불안과 슬
픈 무게' 라는 정서의 '알레고리' 이다. 그리고 시인의 이러한
정서는 곧, 알레고리에서 상징으로 전환되는데, 동백·동박
새·은하·바람 등 '끊을 수 없는 모든 것' 과의 관계를 암시하
는 단어로 표현됨으로써 '슬픔'·'불안' 의 알레고리와 '상징
적인 의미' 의 결합을 보여준다.

　즉, 그가 상상력을 통해 만들어내는 본질적 형상은 그가 내
면 깊숙이 감추고 있는 슬픔·불안 등의 정서를 '사물의 이미
지' 를 통해 표출하는 과정에서 얻어진 것이다. 그가 자신의 정
서에 대한 알레고리로 만들어낸 사물의 이미지는 이 점에서 무
척 낯설고 신선한 것이다. 그리고 이런 사물의 의미는 그의 또
다른 사유의 힘인 '저편에 대한 상상' 을 통해 근원적인 형상
혹은 상징성을 함축하게 되는 것이다.

　이런 시적 언어의 전개구조는 '불안과 슬픔' 의 정서가 불러

낸 사물의 이미지, 즉 정서적인 알레고리를 상징으로 이끌어내는 시인의 '상상력'을 확인할 수 있는 부분이다. 문태준 시인의 시에는 '연민'·'불안'·'슬픔' 등의 정서가 깊이 가라앉아 있다고 여겨지는데, 이러한 정서는 그가 발견하는 사물의 이미지가 구체성을 가진 감각의 표현이기보다는 '정서'의 차원에 더 가깝다는 판단을 불러일으킨다.

'불안과 슬픔'의 정서적 근원을 '자루'·'영원성'·'중음'·'빈손' 등에서 발견하는 그의 시적 상상력은 이 점에서 '근원적 상징' 혹은 초월적 기의에의 향수를 포함하는 것이다. 존재론적 불안을 내면 깊숙이 내장한 채, 사물의 이미지를 탐색하던 시인의 손이 불현듯 머문 곳은 근원적인 상징, 즉 초월적 기의를 암시하는 기표이다.

낯선 사물의 불안한 이미지를 스스로의 정서에 대한 '이해'와 미학으로 만드는 작업이 도달한 지점에서 발견한 '소멸' 혹은 '슬픈 상징'이 이후 그의 시에서 어떻게 전개되어 나갈 것인가 하는 것은, 이 점에서 지속적인 주목을 필요로 하는 부분이다.

4

이 글에서 문태준 시인의 최근작을 통해서 엿본 그의 시 세계는 단편일 수밖에 없다는 점에서 그의 시 세계의 전모를 밝히기에는 적합하지 않은 것이다. 그러나 그의 시 안에 내장되어 있는 미학적 특징이나 시적 자의식의 한 징후를 주목하는 과정에서 시인의 시적 세계가 기법을 통한 '존재론적 상상'에 이르고 있다는 점을 확인할 수 있었는데, 이렇듯 시인의 시적 자의식이 어떻게 '초월적인 것'을 '시적인 것'으로 만들어내는가 하는 점에 대한 관심은 결국 그의 다른 시편에서도 동일하게 나타날 수 있는 '시적 상상력'의 한 특징을 주목하는 작업에 다름이 아니다.

실제로 문태준 시인의 '상상력'은 자신의 정서가 불러내는 사물의 이미지에 대한 '의미 부여'로 이루어져 있는데, 이러한 의미 부여의 과정이 '표상'이나 '상징'의 발견으로 나타난다는 점은 그의 시가 종교적인 초월이나 우주론적인 해석으로 단순화되지 않는 중요한 이유이다.

이 점은 문태준 시인이 대단히 탁월한 '기교'를 지닌 미학주의자라는 뜻이기도 하다. 이 점은 스스로의 시적 사유를 '상징'을 통해 드러낸다는 차원의 건조함과는 다른 것이다. 상징의 맹점이 '정서'의 풍부함을 배제한 신비주의로 전락하기 쉬운 점에 있다면, 문태준 시의 장점은 상징을 '정서'와 '감각'으로 만드는 '언어의 구사'에 있다고 할 것이다.

이 점에서 자신의 존재론적인 불안, 슬픔의 근원을 바라보면서 그 긴장을 정서적인 알레고리를 통해 사물의 이미지 속에 투영하는 최근의 시적 성취는 '정서'와 '상징적 비의' 사이의 경계를 조금씩 허물면서, 그가 자신의 진정성을 관철하는 기법적 성실성과 전문성을 유감없이 보여준 결과이다.

그러나, 다른 한편으로, 지금, '종결된 영원'이 아닌 무수히 반복될 '허허로움'의 예감을 품은 그의 시적 행로에 대해 '불안'과 '긴장'을 동시에 느끼는 것 또한 자연스러운 일일지도 모른다. 새로운 가능성을 감지한 한 시인의 변화에 대한 예감과 그 어려움 사이에서 불현듯 번쩍이는 '창조성'을, 잠시, 엿본 자로서, 이런 느낌은 어쩌면 당연한 것이 아닐까.

복원된 '외로운 버러지 한 마리'의 시학

문태준 시인의 시는 대부분 우리가 잃어버린 것, 우리가 잊고 사는 것, 우리가 애써 돌아보지 않으려 하는 것들을 펼쳐 보임으로써 소월이 자신의 '버러지 시론'에서 말한 영혼의 소리를 듣게 만든다.

이홍섭(시인 · 문학평론가)

1

좋은 시인을 만났을 때 나는 지도를 펼쳐보는 버릇이 있는데 문태준 시인을 처음 만났을 때도 그랬다. 그를 처음 만났을 때, 그리고 그의 시를 하나 둘 접할 때마다 나는 몇 번이고 지도를 펼쳐 생면부지의 '김천'이란 동네를 짚어보곤 했다.

한 시인이 태어나고, 자라고, 사랑하고, 살림을 차리고, 혹은 유랑하는 그 모든 공간에 별표를 치다 보면 어느덧 그 사람의 행로는 하나의 커다란 천체 지도가 된다. 마루에 앉아 밤하늘을 쳐다보듯 그 천체 지도를 가만히 들여다보고 있노라면 괜스레 삶이 아름다워지기도 하고, 슬퍼지기도 한다. 나에게는 소월이, 백석이 특히 그러했다.

나이 차이가 얼마 나지 않는 젊은 시인의 시를 접하고 지도를 펼쳐보게 된 것은 참으로 드문 경험이었다. 그만큼 그의 시는 돌올하고, 동년배의 시인들에게서 찾아보기 힘든 깊이를 지니고 있었다. 그리고 무엇보다 그의 작품에서는 인간을 향한, 삶을 향한 무량한 연민을 느낄 수 있어 좋았다.

일찍이 현대시의 본격적인 출발이라 할 수 있는 김소월은 그의 유일한 시론 〈시혼詩魂〉(1925)에서 시인을 '외로운 버러지 한 마리'에 비유한 바 있다.

"무엇보다도 하늘을 우러러 보십시오. 우리는 낮에 보지 못하던 아름다움을 그곳에서 볼 수도 있고 느낄 수도 있습니다. 파릇한 별들은 오히려 깨어 있어서 애처롭게도 기운 있게도 몸을 떨쳐 영원永遠을 속삭입니다. (…) 도회都會의 밝음과 짓거림이 그의 문명文明으로써 광휘光輝와 세력勢力을 다투며 자랑할 때에도, 저 깊고 어두운 산과 그늘진 곳에서는 외로운 버러지 한 마리가 그 무슨 설움에 겨웠는지 쉼 없이 울고 있습니다."

나는 우리 현대시의 출발이 소월의 이 '버러지 시론'에서 시작되었다는 게 그리 좋을 수 없다. 서구 현대시의 아버지라는 보들레르의 '알바트로스'보다 훨씬 소박하지만, 그 소박함이, 절절함이 좋다.

소월은 이 글에서 덧붙이길, 영원한 진리의 세계는 영혼靈魂의 세계이며, 영혼은 적막·고독·슬픔·어두움 등과 대면할 때 나타나는데, 그것은 그림자처럼 우리에게 가까이 있지만 낮의 세계 속에서는 발견할 수 없다고 말했다. 소월은 그것을 '죽음에 가까운 산마루'에 설 때 비로소 대면할 수 있는 것이라고 단언했다.

문태준 시인의 시는 대부분 우리가 잃어버린 것, 우리가 잊고 사는 것, 우리가 애써 돌아보지 않으려 하는 것들을 펼쳐 보임으로써 김소월이 말한 영혼의 소리를 듣게 만든다. 그가 보여주고 싶은 존재의 실상이란 환한 빛 속에서가 아니라 어둠 속에서, 그늘 속에서, 적막 속에서, 슬픔 속에서 비로소 그 모습을 온전하게 드러낸다. 최근의 작품들은 김소월이 말한 '죽음에 가까운 산마루'를 시인 스스로 찾아가는 여정 또한 보여주고 있어 여간 미덥지 않다.

문태준은 그런 면에서 소월이 그토록 간절하게 전해준 '외로운 버러지 한 마리'의 시론, '죽음에 가까운 산마루'에 서자는 권유에 충실한 제자라 할 수 있다. 소월은 비록 젊어서 '불귀不歸, 불귀不歸'의 세계로 나아가고 말았지만, 문태준은 오고 감이 넉넉할 정도로 아직 젊고 건강하여 그 진폭을 보여줄 수 있는 시간이 많이 남아 있다. 우리 시의 행운이 아닐 수 없다.

2

문태준 시인을 처음 만난 곳은 10여 년 전 춘천에서였다. 그당시 나는 춘천에서 시보다 밥이 먼저라는 일념 하에 열심히 생업에 종사하고 있었는데, 어느 날 장석남 시인이 처음 보는 젊은 시인 하나를 데리고 내려왔다. 당시 장석남 시인은 내가 생업에 치여 시를 잊어버릴까 봐 이따금 내려와 잠자는 시심詩心의 코털을 뽑아놓고 가곤 했었다. 선우善友란, 도반道伴이란 그런 것이리라.

젊은 시인은 영락없는 '중송아지' 같았다. 눈은 송아지처럼 맑았고, 몸은 어른 소처럼 튼실해 보였다. 나는 단박에 그가 어렸을 때 소꼴 좀 베고 다녔겠다는 걸 알아챌 수 있었다. 그는 예상대로 말없이 눈을 꿈벅거리며 주로 얘기를 듣기만 했다. 그날 밤, 우리는 어느 골짜기로 들어가 그냥 뜻 없이 새벽까지 잘 놀았다. 미끄럼을 타던 결빙의 길과 초승달 아래 서성였던 절 마당이 떠오른다.

뜻 없이 잘 놀던 시절은 그 이후에도 간간히 이어졌다. 그는 그가 형이라 부르는 우리 연배 시인들의 술자리에 늘 참석하는 멤버였다. 그는 여전히 눈을 꿈벅거리며 얘기를 듣는 쪽이었으나, 이따금 곰살맞은 이야기를 툭 던져 가라앉는 분위기를 순식간에 업 시키는 재주도 보여주곤 했다.

한번은 예의 '뜻 없는 모임'의 술자리에서 그의 춤을 본 적도 있다. 어쩌다 분위기가 업 되어, 하나, 둘 자리에서 일어나 춤을 추게 되었는데 그도 엉거주춤 일어섰다. 그 어깨춤이라니! 그는 몸은 가만히 있고, 어깨만으로 음악을 타는 곰살맞은 춤의 진경을 보여주었다. 이성복 시인의 표현대로 그는 늙은 아이 같고, 아이 늙은이 같았다.

3

그의 시세계를 이해하기 위해서는 세 개의 통로를 지나야 한다. '수런거리는 뒤란'으로 상징되는 고향의 정경과 그 속에서 살아온 가족사적 내력, 그리고 그가 시의 안팎에 저며 넣는 불교적 사유가 그것이다.

이 세 개의 통로는 각각 개별 시편을 낳기도 하고, 두 개가 모여, 혹은 세 개가 모여 한 편의 시를 낳기도 한다. 그가 고향의 정경과 그 속의 살림살이를 그리는 데 집중할 경우 그의 시편은 평화롭기까지 하지만, 가족사적 내력이 스며들 때는 슬프고, 고달픈 정경으로 바뀐다. 그리고 그 정경 속에 불교적 사유가 저며질 때는 시간과 공간이 무한히 늘어나면서 전생과 후생을 넘나드는 서늘한 적막의 진경을 보여준다. 먼저 뒤란으로 가보자.

산죽 사이에 앉아 장닭이 웁니다

묵은 독에서 흘러나오는 그 소리 애처롭습니다

구들장 같은 구름들이 이 저녁 족보만큼 길고 두텁습니다

누가 바람을 빚어낼까요

서쪽에서 불어오던 바람이 산죽의 뒷머리를 긁습니다

산죽도 내 마음도 소란해졌습니다

바람이 잦으면 산죽도 사람처럼 둥글게 등이 굽어질까요

어둠이, 흔들리는 댓잎 뒤꿈치에 별을 하나 박아주었습니다
— 〈수런거리는 뒤란〉 전문

그가 그려낸 뒤란에는 산죽이 있고, 장닭이 있고, 묵은 독이 있다. 전형적인 농촌의 뒤란 풍경이다. 시인은 이 뒤란 풍경을 행갈이 없이 한 행 한 행 담아낸다. 초기 시를 장식하는 이러한

시편들은 맑고 투명하고 섬세한 세계를 보여준다. 이러한 세계는 그가 지닌 감수성의 근원을 이룬다.

시인은 뒤란을 그린 위의 작품을 첫 시집의 표제작으로 삼더니 두 번째 시집에서도 같은 뒤란을 노래한 시 〈대나무숲이 있는 뒤란〉을 실었다. "처음 이곳에 대나무숲을 가꾼 이 누구였을까"로 시작되는 뒤의 작품은 "아, 그 먼 곳서 오는 반가운 이의 소식을 기다려/ 누군가 공중에 이처럼 푸른 여울을 올려놓은 것이다"로 끝난다. 앞의 작품이 '바람'과 '산죽'에 초점이 맞추어져 있다면, 세월을 격해 발표한 뒤의 작품은 대나무숲을 처음 가꾼 '누군가'에 초점이 맞추어져 있다.

뒤란은 이처럼 문태준 시의 출발점이자 원형적 공간이라 할 수 있다. 앞마당이 아니라 뒤란이 그의 시의 원형적 공간이 되었다는 것은 그의 시 세계를 이해하는 데 시사하는 바가 크다. 뒤란은 퇴색한 잡동사니들이 모여 있는 풍물적 공간이며, 세월의 흐름을 느낄 수 있는 시간적 공간이며, 밝음보다는 어둠과 그늘이 지배하는, 존재의 실상이 잘 드러나는 공간이다. 그리고 앞마당보다는 무언가 할 이야기가 많은 '수런대는 공간'이다.

거칠게 분석한다면 첫 시집과 두 번째 시집의 차이는 이 뒤란에서 무엇을 보려 했는가 하는 데서 빚어지는 차이라 할 수 있다. 뒤란을 처음 만든 이가 누구인가라고 묻는 것은 뒤란이 오롯하게 시인의 품속에 들어왔을 때나 가능한 질문이다.

시인은 자신의 가족, 특히 아버지, 어머니, 큰어머니, 고모, 누이들을 통해 이 고적한 풍경 속으로 들어가는 통로 하나를 더 만든다.

세상 한곳 한곳 하나 하나가 저녁에 대해 말하다

까마귀는 하늘이 길을 꾹꾹 눌러 대밭에 앉는다고 운다

노란 감꽃 핀 감잎은 등이 무거워졌다고 말한다

암내 난 들고양이는 우는 아가 소리를 업고 집채의 그늘을
짚으며 돌아나간다

나는 대청에 소 눈망울만 한 알전구를 켜 어둠의 귀를 터준다

들에서 돌아온 아버지는 찬물에 발을 씻으며 검게 입을 다물
었다

—〈저녁에 대해 여럿이 말하다〉 전문

이 작품에서도 시를 지배하는 것은 '뒤란적 시간'이라 할 수
있다. 그런데 그 '뒤란적 시간'을 결정적으로 지배하는 것은
들에서 돌아와 검게 입을 다무는 아버지라는 존재이다.

문태준 시의 특질 중 하나로 손꼽을 수 있는 아버지에 대한
시선은 그의 시를 동년배의 다른 시인들과 구별 짓는 개성적
세계로 승화시킨다. 그의 시에서 아버지는 관념적 대상이 아니
라 실존적 삶을 꾸려가는 구체적 존재이며, 떠도는 존재로서의
남성 상징이 아니라 도리어 한 곳에 머물러 있으면서 꾸준한
삶을 지속하는 정주定住적 상징으로 등장한다. 이는 일찍이 서
정주가 〈자화상〉에서 보여준 남성/여성 상징과는 차별되는 세

계이고, 도회의 젊은 시인들이 만신창이로 만드는 상징과도 구별되는 상징이다.

그의 시에서 아버지는 늘 검게 입을 다문다. 아버지는 가난의 세계이고, 침묵의 세계이고, 자연에 순종하는 세계이다. 시인은 아버지를 통해 시간의 육체를 본다.

꽃이 피고 지는 그 사이를
한 호흡이라 부르자
제 몸을 울려 꽃을 피워내고
피어난 꽃은 한 번 더 울려
꽃잎을 떨어뜨려 버리는 그 사이를
한 호흡이라 부르자
꽃나무에게도 뻘처럼 펼쳐진 허파가 있어
썰물이 왔다가 가버리는 한 호흡
바람에 차르르 키를 한 번 흔들어 보이는 한 호흡
예순 갑자를 돌아 나온 아버지처럼
그 홍역 같은 삶을 한 호흡이라 부르자

—〈한 호흡〉 전문

아버지의 삶, 세계에 대한 이해를 통해 시인은 만물이 피고 지는 것, 오고 가는 것들의 육체를 만진다. 그것은 삶에 대한, 우주적 원리에 대한 '통이해'라 할 수 있다.

이 작품은 그의 사유가 지극히 동양적이고, 전통적인 사유에 기대고 있다는 사실 또한 보여준다. 도가와 불가에서는 늘 '한 호흡'을 삶의 전체와 등가等價로 놓는다. 그것은 시간적 단위를 넘어서는 생명의 실존이자, 구체이다. 시인은 아버지의 생애를 철학관에서나 들을 수 있는 '예순 갑자'라는 시간적 단위로 축약해 냄으로써, 삶의 유구함을 성취해 내고야 만다.

이처럼 시인에게 있어 아버지란 존재는 세계를 이해하는 통로이다. 반면 그의 시에 등장하는 어머니·큰어머니·외할머니·누나 등 여성들은 연민과 그리움의 존재들로 보다 살갑게 그려진다. 시인은 아버지를 통해 이 세계의 침묵을 읽어내려 애쓰고, 여성들을 통해 나약한 존재들에 대한 연민을 확장시켜 나가려 한다.

가난과 쇄락의 농촌공동체를 배경으로 그 속에서 삶을 영위해 간 가족과 친척들의 삶을 그려내는 그의 이러한 시들은 그것 자체만으로 독보적이다. 시인은 여기서 한 발 더 나아가 자신의 체험과 세계관 속에 불교적 사유를 저며 넣으며 시의 밀도를 한층 두텁게 한다.

어물전 개조개 한 마리가 움막 같은 몸 바깥으로 맨발을 내밀어 보이고 있다
죽은 부처가 슬피 우는 제자를 위해 관 밖으로 잠깐 발을 내밀어 보이듯이 맨발을 내밀어 보이고 있다
펄과 물속에 오래 담겨 있어 부르튼 맨발
내가 조문하듯 그 맨발을 건드리자 개조개는
최초의 궁리인 듯 가장 오래하는 궁리인 듯 천천히 발을 거두어 갔다
누군가를 만나러 가고 또 헤어져서는 저렇게 천천히 돌아왔을 것이다

늘 맨발이었을 것이다

사랑을 잃고서는 새가 부리를 가슴에 묻고 밤을 견디듯이 맨
발을 가슴에 묻고 슬픔을 견디었으리라

아—, 하고 집이 울 때

부르튼 맨발로 양식을 탁발하러 거리로 나왔을 것이다

맨발로 하루 종일 길거리에 나섰다가

가난의 냄새가 벌벌벌벌 풍기는 움막 같은 집으로 돌아오면

아—, 하고 울던 것들이 배를 채워

저렇게 캄캄하게 울음도 멎었으리라

— 〈맨발〉 전문

널리 알려진 이 작품은 그가 지나온 시적 세계가 집약되어
있는 작품이다. 이 시 속에는 그늘진 뒤란이 있고, 늘 캄캄하게
입을 다물던 가난한 아버지가 있고, 큰 자비와 큰 슬픔을 보여
준 대자대비大慈大悲한 부처가 있다. 시인은 이 세계를 반죽해
묽지도 않고, 그렇다고 굳어져 딱딱해버리지도 않은, '울음이
목젖에 걸린 세계'를 보여준다. 좋은 시의 실상이란 이런 것이
리라.

그가 저며 넣는 불교적 사유는 폭넓다. 이 작품에서처럼 사
랑과 연민의 모습으로 나타나기도 하고, 적막과 극빈을 향한
선적禪的 세계로 나타나기도 한다. 최근의 시들은 〈극빈極貧〉
연작에서 볼 수 있듯 후자의 세계를 강하게 지향하고 있는 것
으로 보인다.

몸이 뿌리로 줄기로 잎으로 꽃으로 척척척 밀려가다 슬로비

디오처럼 뒤로 뒤로 주섬주섬 물러나고 늦추며 잎이 마르고 줄기가 마르고 뿌리가 사라지는 몸의 숙박부, 싯다르타에게 그러했듯 왕궁이면서 화장터인 한 몸

　　나도 오늘은 아주 식물적으로 독방이 그립다
　　　　　　　　　　　　　—〈극빈 2—독방獨房〉 마지막 부분

　　아무도 없는 빈 들판에 나는 이르렀네

　　귀 떨어진 밥그릇 하나 들고

　　빛을 걸식하였네
　　　　　　　　　　　　　—〈극빈 3—저 들판에〉 첫 부분

　　뭐라 할까, 〈극빈〉 연작이 보여주는 세계는 말 그대로 차, 포 다 떼어내고 존재의 실상으로 바로 돌입하고자 하는 열망이 숨죽이고 있다고 할 수 있다. 〈극빈〉이란 그곳으로 가기 위한 태도, 혹은 마음의 자세가 아닐까.

4

　　시인 문태준의 출현은 좀 돌연한 데가 있다. 도대체 이 남다른 개성은 어디에서 연유한 것일까 하는 의문이 들 수밖에 없다. '작가론'이란 그런 비밀을 밝혀주는 것인데, 그가 너무 젊고, 말이 드물어 쉽게 풀 수 있는 문제가 아니다.
　　이 난감한 청탁이 올 줄 내 미리 알았더라면 그 많은 술자리

에서 앞에 앉혀놓고 시시콜콜 물어볼 걸 그랬지 싶다. 하지만 그나 나나 별 말이 없는 것으로 말을 삼는 체질이라 길 위에 찍힌 발자국 보며 그냥 방금 소가 지나갔겠거니 생각할 도리 밖에 없다.

추측컨대 그가 시를 만난 것은 대학에 들어와서인 것 같다. 그의 시가 지닌 순도는 그가 서울에 와서야 비로소 시를 만났다는 것에 기인하기도 할 것이다. 그의 시에는 일찍 시를 만났던 사람이 갖지 못하는 맑음과 순결함 같은 것이 배어 있다. 고향을 오롯하게 그려낼 수 있는 것은 고향을 처음 떠났을 때, 바로 그 순간일 것이다.

그의 두 번째 행운은 그가 시골에서 '서당적 사유'를 할 수 있었다는 점이다. 그는 한 산문에서 고등학교 시절 기억나는 은사에 대해 말한 적이 있는데 그가 든 은사가 다름 아닌 '저승꽃이 잔뜩 피어오른' 한문 교사였다. 시인은 그 은사가 소개한 소동파의 시 한 구절을 정확하게 기억하고 있었는데, 그게 나에게는 신기해 보였다. 까까머리 고등학생이 소동파의 시구절을 기억하고, 자기 나름의 해석을 덧붙인다는 게 요즘 시절에 가당키나 한 일일까 싶다. 이 '서당적 사유'와 한시에 대한 이해도 그의 시를 이해하는 한 가지 좋은 접근법이 될 것이다.

그가 영향 받음직한 시인도 거론해야겠다. 아마도 가장 첫머리에 꼽을 수 있는 시인이 백석이 아닐까 싶다. 백석은 그의 시에 담긴 세계관과 시의 형식에서 안팎으로 영향을 미친 거의 유일한 시인으로 여겨진다. 그는 보다 담백한 백석에 비해 시의 대상을 좀 더 오래 우물거려 꾸불텅꾸불텅 뽑아내는 편이다. 백석이 당나귀과라면 문태준은 소과에 가깝고, 백석이 흰 가재미과라면 문태준은 고등과에 가깝다. 이 외에 한시와 선시를 꼼꼼하게 읽은 흔적들과 서정주, 신경림, 그리고 가깝게는 장석남의 영향도 없지 않아 보인다.

마지막으로 문태준 시의 근간을 이루는 직유에 대해서도 말해야겠다. 흔히 현대시는 직유보다 은유의 힘이 강하여, 은유를 잘 쓰는 시인이 높이 평가받는다고 말한다. 거칠게 비유하면 은유는 '바로 가는 세계'이고, 직유는 '에둘러가는 세계'라 할 수 있겠다. 문태준의 시는 이러한 경직된 시론을 훌쩍 뛰어넘어 '에둘러가는 세계'의 진경을 보여주었다. 에둘러가는 것은 옆모습을 그려냄으로써 그 존재의 실상을 그려내는 시작법이다. 그의 시는 에둘러 가되 끊임없이 인간화(의인화)를 통해 실상에 접근한다.

이는 우리 시가 너무 일찍 잃어버린, 가치절하시켜 버린 부분이다. 문태준의 시는 이의 복원을 통해 시의 품격과 가치를 되살려냈다는 점에서 먼저 시인들로부터 술 한 잔 받을 자격이 있다.

김신용
도장골 시편 외

1945년 부산 출생
1988년 《현대시사상》으로 등단
시집 《버려진 사람들》 《개 같은 날들의 기록》 《몽유 속을 걷다》 《환상통》
천상병문학상 수상

도장골 시편
— 부빈다는 것

안개가
나뭇잎에 몸을 부빈다
몸을 부빌 때마다 나뭇잎에는 물방울들이 맺힌다
맺힌 물방울들은 후두둑 후둑 제 무게에 겨운 비 듣는 소리
를 낸다
안개는, 자신이 지운 모든 것들에게 그렇게 스며들어
물방울을 맺히게 하고, 맺힌 물방울들은
이슬처럼, 나뭇잎들의 얼굴을 맑게 씻어준다
안개와
나뭇잎이 연주하는, 그 물방울들의 화음和音,
강아지가
제 어미의 털 속에 얼굴을 부비듯
무게가
무게에게 몸 포개는, 그 불가항력의
표면 장력,
나뭇잎에 물방울이 맺힐 때마다, 제 몸 풀어 자신을 지우는
안개,
그 안개의 입자粒子들

부빈다는 것
이렇게 무게가 무게에게 짐 지우지 않는 것

나무의 그늘이 나무에게 등 기대지 않듯이

그 그늘이 그림자들을 쉬게 하듯이

도장골 시편
── 영실營實

산비탈 가시덤불 속에 찔레 열매가 빨갛게 익어 있다
잡풀 우거진 가시덤불 속에 맺혀 있어서일까?
빛깔은 더 붉고 핏방울 돋듯 선명해 보인다
겨울 아침, 허공의 가지 끝에 매달린 까치밥처럼 눈에 선연해
눈이라도 내리면, 그 빛깔은 더욱 고혹적일 것이다
날카로운 가시들이 담장의 철조망처럼 얽혀 있는 찔레 덤불 속
손가락 하나 파고들 틈이 없을 것 같은 가시들 속에서
추위에 젖은 손들이 얹히는 대합실의 무쇠난로처럼 익고 있
는 것은
아마, 날개를 가진 새들을 위한 단장일 터
마치磨齒의 입이 아닌, 부드러운 혀의 부리를 가진 새들을
기다리는 화장일 터
공중을 나는, 그 새들의 눈에 가장 잘 띌 수 있도록
그 날개를 가진 새들만 다가올 수 있도록
열매의 채색彩色을 운영해 왔을 열매
영실營實이라는 이름의 열매

새의 날개가 유목의 천막인 열매
새의 깃털 속이 꿈의 들것인 열매

얼마나 따뜻하고 포근했을까, 그 유목의 천막에 드는 일

새의 복부腹部 속에 드는 일

남의 눈에는 영어囹圄 같겠지만, 전락 같겠지만

누구의 배고픔 속에 깃들었다가 새롭게 싹을 얻는 일, 뿌리
를 얻는 일

그렇게 새의 먹이가 되어, 뱃속에서 살은 다 내어주고 오직
단단한 씨 하나만 남겨

다시 한 생을 얻는 일, 그 천로역정을 위해

산비탈의 가시덤불 속에서 찔레 열매가 빨갛게 타고 있다

대합실의 무쇠난로처럼 뜨겁게, 뜨겁게 익고 있다

도장골 시편
― 폭설

하반신에 고무타이어를 댄 그림자가 느릿느릿 기어온다

그 산에 얼마나 큰 눈이 내렸나?
무릎까지 쌓인 눈, 어제 왼종일 퍼부어 내리던 폭설

수의를 덮고 세상은 고요하다

한국의 수의는 마의麻衣이다. 바람이 제집처럼 드나들어 마
치 너와 울타리를 두른 듯

그 성근 결 속으로 속살까지 내비치는 옷이다

봄 여름 계절도 없는, 누구나의 것이나
똑같이 생긴, 세상 끝의 집

무덤에 묻혔을 때, 다시 무의無依의 삶 깃들어 저 세월 훠어
이 훠어이 걸어가라는 옷이다

물기만 닿아도 곰삭은 두엄결처럼 올을 풀어헤치는 그 옷처
럼, 눈 녹으면

세상은, 천지간 너와 울타리를 두른 듯 모습을 나타내겠지만

그 옷에 담겨, 지상의 마지막 길 걸어가듯 인가人家로 내려
온 어린 고라니 한 마리

인적기에 문득 뒤돌아본다. 그 크고 둥근 눈망울에 비친 칡
넝쿨 잎 같은 세계

등 뒤에서 설상목雪上木 부러지는 소리가 들린다. 그 눈동자
에 비친 내 얼굴이 눈사람처럼 녹아내린다

안개, 속삭임

아무리 날 밝아도 지지 못하는 낮달이니, 내 경운기 소리

안개의 심장이리 싶었지. 그 부조浮彫된 무늬, 손톱이면

오이며 토마토며 갖가지 생활 과수 벽화이듯 새기리, 이른
새벽

미명의 바지 둥둥 걷고, 미루나무 힘줄 불거진 장딴지 드러
낸 채

한 채의 거대한 비닐하우스를 짓는 것이 꿈이었던, 마을 아래

농수農水 저장고인 저수지에서 피어오른 안개, 지난 날, 산
나물 뜯어

지게 가득 나뭇짐 져 견딘 구황의 세월 잊지 못해, 이른 새
벽이면 삽 들고

괭이 들고, 비탈밭 일구던 안개, 뒷산의 우거진 개복숭아 숲
들어내고
바람벽에 박힌 넝쿨잎 같은 아이들 얼굴 지우기 위해, 한 채의

튼튼한 비닐하우스를 짓는 것이 필생이었던, 내 안개의 경작耕作이었으리

그래도 내 업業, 날 밝아도 지지 못하는 낮달이니, 오늘도 저렇게

저수지에서 피어올라, 들판을 채우고 마을을 채우고, 뒷산 골짜기까지 가득 메우고 있느니

밤새 저수지의 수면水面 위에서 잠자던 안개

물 위에 뜬 불빛 몇 낱 뜬눈이듯 감추고, 그 부조된 무늬

새벽이면, 어김없이 피어오르는 안개, 그 안개의 심장이리 싶었지

또 하루의 바지 둥둥 걷고, 미루나무 힘줄 불거진 종아리 곧추세우며

도장골 골짜기를 오르는, 내 경운기 소리

마른 수수밭

뼈만 앙상한 부처의 모습을 새기고 있는 것일까?

들판의 마른 수숫대가 바람에 서걱인다

말라 바스러져가는 수수잎들, 그 녹슬고 무딘 잎들 각도刻刀 삼아

뼈만 앙상히 도드라질 때까지, 제 몸에 살 한 점 붙이지 않는 저 조각

무수한 뼈들이 엉켜 있는, 무수한 뼈들이 엉켜 아라베스크 같은 구도의 선線들을 새기고 있는

그 무늬, 무슨 안행雁行 같다

누구를 부르는 안타까운 손짓들 같기도 하다

그 뼈로 허공을 쳐, 그러나 끊임없이 나래를 쳐, 밤의 들판을 건너가는

끝 모를, 그 긴 행렬

저 뼈의, 안행을 따라가면, 그 뼈로

움켜쥐고 싶었던 나라에 다다를 수 있을까?

단 하나의 고통만 남아 있어도, 제 몸에 살 한 점 남기지 않는

그 나라에, 나래 접을 수 있을까? 궁리하듯

들판의 마른 수숫대가 바람에 서걱인다

익은 이삭들 모두 내미는 손들에게 주고

다만 뼈로 서서, 바람 불면 일제히 날갯짓을 하면서

언제 그곳에 잎이 있었나?

맨땅이었다
언제 그곳에 잎이 있었나?
여름이 되면서 난처럼 피었던 잎들 하나 둘 짓무르면서
언제 그곳에 잎이 있었는지도 모르게 지워지더니
어느 날 불쑥, 잎그늘 하나 없는 그 맨땅에서
꽃대 한 줄기가 솟아올랐다
돌 섞인 흙과 딱딱하게 굳은 흙바닥일 뿐인 그곳에서
그 흙바닥 밑에 뿌리가 묻혀 있었는지조차 잊었는데도
마치 무의식 속에 묻혀 있는 기억을 일깨우는 송곳처럼
닫힌 망각의 문을 두드리는 손가락처럼
솟아올라, 맑은 수선화를 닮은 꽃 한 송이를 피워 물었다
세상에! 잎이 다 진 후에야 꽃대를 밀어 올려 꽃을 피우는
뿌리가 있다니!
이 어리둥절함을 뭐라고 해야 하나?
이 돌연함을 어떻게 설명해야 되나?
무슨 기형畸形의 식물 같은, 잎 하나 없는 꽃대
깡마른 척추뼈가 웃음을 물고 있는 것 같은, 그 꽃을
굳어버린 흙이 흘리는 눈물방울이라고 해야 하나?
지워져 버린 잎들이 피워 올리는 비명이라고 해야 하나?
아무도 없다고 생각한 빈 밭에서 우뚝 몸 일으킨 아낙처럼
가느다란, 새끼손가락 굵기만 한 꽃대가 꽃을 물고 있는 모습

가슴에 찍히는 지문이듯, 화인火印이듯 바라보아야 하나?
언제 그곳에 잎이 있었나?
싶은, 그 맨땅에서, 잎도 없이 솟구쳐 올라
꽃을 피우고 있는 모습.
이미 멸종된 공룡이
돌처럼 굳어버린 내 의식의 시멘트 광장에 불쑥 나타나, 사
라진 쥐라기의 노을을
슬픈 눈으로 바라보고 있다고 해야 하나?
일생을 잎을 만날 수 없다는
저 상사화라는 이름의 꽃

은행

살아 있는 화석이라고 불리는 은행
지구의 지각 변동 속에서도 살아남았다는 것
은행을 털다 보면, 꼭 내가 은행털이를 하는 기분이다
대공황 같은 빙하기에도 열매를 익혔을 저것을
끈덕지게도, 끈덕지게도 살아남은 저 은행을
은행 창구에 무단으로 침입해, 장대를 휘두르듯
은행을 털다 보면, 열매 속의 씨앗을 키우기 위해
고생대 때부터, 잘 익은 살구의 속살 빛 같은 과육 속에
날짐승도 피해가는 냄새를 저장해 두고, 피부에 닿으면
옻 오른 듯 발진을 일으키는 그 두드러기로, 탐식자의 이빨
과 눈을 피해 온
그 생존방식이, 가을 속으로 노랗게 물들어가는 은행잎처럼
보여
가슴에 번지는 그리움의 엽서 같은 은행잎들처럼 보여
마음도 어느새 가을빛으로 물드는 것 같다
그러나 그 과육의 즙과 냄새를 몸에 묻히지 않기 위해, 마치
지문을 숨기듯
손에 고무장갑을 끼고, 장대를 휘두르면, 가지에 생존 전략
의 땀방울인 듯
다글다글 맺힌, 빛 고운 열매들 속에서, 무장하게 접근 금지
의 냄새를 피우고 있는

김신용 117

그 냄새로도 모자라, 단단한 견과堅果의 껍질로 씨앗을 감추고 떨어져 내리는 은행 알들을 보면

내가, 살아 있는 화석을 먹고 살아남는 방법을 터득한 목숨 같아

그렇게 지각변동을 일으킨, 끈질긴, 참으로 끈질긴 연명 같아

노랗게 익은 은행들이, 목구멍 속에 담핵처럼 걸려

마음은 또 어느새, 대공황의 빙하기처럼 얼어붙는다

그러나 저 은행나무의 열매를 떨구지 않으면

그 은행이, 노구老軀의 담핵처럼 걸리는 법

찬바람이 불어, 가을이 기침을 하기 전에

은행을 털면, 가지에서 새들이 기립박수를 치듯 날아오른다

우수수 우수수 담핵을 떨구는 은행

그 단단한 견과 속에 가을도 푸르게 영글어 있을 것이다

낙법落法

밤이 떨어진다
익은 가지가 저절로 떨어트리는 듯한 무게
바람 불어, 바람이 불지 않아도 무심히 손 놓은 듯한 낙하落下
착지점도 없이, 아무렇게나 떨어져 내리는 듯 보이지만
거기, 누대에 걸친 연습이 있다. 시뮬레이션이 있다
보라, 밤의 머리에 방석처럼 얹혀 있는 두터운 보호막을, 그 탄력을
바닥에 떨어질 때, 무게가 쏠린 두부頭部에 부딪쳐오는 충격을 견딜 수 있도록
돌 위에 떨어져도, 몸 다치지 않고 일어설 수 있도록 고안된, 그 완충장치를—.
그리고 젖은 풀숲에 파묻혀도 배어드는 습기에 속살 상하지 않도록
스며드는 한기寒氣도 막을 수 있도록 솜내의처럼 입혀진 내피內皮를—. 그 방한방열의 내장재를—.
그 위에 우의雨衣처럼 덧입혀진, 갑피 같은, 매끄럽고 두꺼운 외피에 둘러싸인 밤의
유선형으로 좁아드는 하복부에 돋아 있는 짧은 돌기를—. 그 닻을—.
비탈에 굴러 떨어져도 브레이크처럼 멈출 수 있도록
제 살 곳, 제 뿌리 내릴 흙 위에 안착할 수 있도록

송곳의 끝처럼 날카롭게 돋아 있는 그 작은 돌기를 보면
밤의 송이 송이마다 무수히 돋은 가시들마저
부디 밥 굶지 마라 양지 바른 곳에서 살아라, 당부하는
분가分家를 염려하는 안타까운 걱정들처럼 보여
가구家具이듯, 뿌리쳐도 뿌리쳐도 쥐어주는 근심처럼 보여

밤 한 알의 낙하―,

가을의 숲 속에서 나무들이 공중에 아무렇게나 가지 뻗은
듯 보이지만
고목이 되면서 더 무거운 짐 진 듯 땅 가까이 허리 굽히는,
그 연혁에는
이렇게 누대를 걸쳐 이어온 잠령蠶齡이 있다
제 몸 여위며 가꾸어온, 휘드러진 휘드러진 조탁彫琢이 있다

김완하
그늘 속의 그늘 외

1958년 경기도 안성 출생
1987년 《문학사상》으로 등단
시집 《길은 마을에 닿는다》 《그리움 없인 저 별 내 가슴에 닿지 못한다》 《네가 밟고
가는 바다》
현재 한남대 문예창작과 교수

그늘 속의 그늘

어느 날 나무는 뿌리가 궁금했다
귀를 조아려 땅 밑 뿌리에 이파리를 모았다
뿌리는 또 하늘 소리에 관심이 쏠렸다
구름 부딪는 소리 별빛 부서지는 소리
그제야 뿌리와 우듬지 사이 한없이 멀다는 걸 알게 되었다
나무는 뿌리를 향해 온몸으로 흔들어보았다
어떤 소리도 전할 수 없었다
그리하여 우듬지는 뿌리 위로 그늘을 쏟았다
그때부터 이 세상 그늘에는 또 한 겹의 짙은 그늘이 깔려 있다

내 안의 나무

내 안의 나이테마다
강물이 스미며 비로소
하나씩의 하늘 이고 선다
무성한 그 머리 들어올려
한 자락 휘저으면
허공 속으로도 강이 풀리어
그 물길 쪽으로 나무뿌리 휘어진다
안으로 흐르는 강
밖으로 밀리는 물살 어울려
하늘 땅 나무 수직으로 닿는다
안의 물살 휘감겨 솟는다
우듬지 조용히 떨리면
나무들 모두 그쪽으로
한 치씩 뿌리를 내리 민다
또 하나의 뿌리를 묻는다

가을 숲에 들다

숲은 그 입구부터 가파르다
골짜기는 과감하게 길을 내어준다
나무들 재빠르게 옮겨 앉는 모습 포착된다
서로의 전열을 가다듬어
한 발짝 한 발짝 숲으로
치고 들어가 산을 통째로 쓰러뜨린다
지고 왔던 산을 바지개째 벗어놓고
오리나무 숲은 산 하나를 새로이 짠다
그들이 치는 망치 소리가 텅텅텅 저 밑에서
계곡 위로 밀어 올린다
한동안 고요가 딛고 간 후
대지는 팽팽하게 조여지고,
나무들 하늘로 쏘아 올린다
내 느슨한 허리와 어깨도 함께 조여진다
가을 산을 오르며
숨이 감퍼오는 것은,
나무들이 산을 힘껏 조이기 때문이다
졸참나무와 싸리나무 사이
떠났던 바람도 되돌아와
내 늘어진 어깨 바리바리
나무 등걸 가을 산에 부려놓는다

겨울나무

한 사내 어둠 속에서
자전거 타고 운동장을 돌고 있다
그가 딛고 온 시간의 벼랑
얽히고설킨 세월의
젖은 주름살 펴면 얼마나 될까
쉬지 않고 어둠을 뚫는
바퀴의 하얀 살
안으로 당차게 휘감은
어둠의 끈
얼마나 힘차게 페달 밟고 나가야
저 어둠은
빛이 되는 것일까
한 사내 두 어깨로
어둠의 가파른 파고波高를 가른다
운동장이 눈 마당처럼 환해진다
사내의 끈질긴 생의 둘레
하나의 정점으로 휘감기며
단단하게 조여진다
거기, 겨울나무
하나의 섬을 품고 서 있다

허공에 매달려보다

곶감 먹다가 허공을 생각한다
우리 일생의 한 자락도
이렇게 달콤한 육질로 남을 수 있을까
얼었다 풀리는 시간만큼 몸은 달고
기다려온 만큼 빛깔 이리 고운 것인가

맨몸으로 빈 가지에 낭창거리더니,
단단하고 떫은 시간의 비탈 벗어나
누군가의 손길에 이끌려
또다시 허공에 몸을 다는 시간

너를 향한 나의 기다림도
이와 같이 익어갈 수 없는 것일까
내가 너에게 건네는 말들도
이처럼 고운 빛깔일 수 없는 것일까

곶감 먹다가 허공을 바라본다
공중에 나를 매달아본다
보이지 않는 힘으로 감싸는 빈 손
내 몸 말랑말랑 달콤해진다

내 몸에 그늘이 들다

햇살 속 걷다가
큰 나무 그늘에 들었다
나무는 나를 품고 생기가 돈다
그대가 드리운 사랑의 심연深淵
출렁이는 파도 속에
하늘 걸려 있다

숲은 적요寂寥하다
그늘 속 가지를 뻗고
이파리 묻으며 자란다
작은 풀잎까지
가까이 불러 그늘을 키운다

그늘이 내 몸속에 들어온다
내가 그늘 속에 뒤섞인다
나무는 햇살과 그늘을 두고
허공을 끌어안는다
비로소 서늘한 길이 열린다

꽃

길을 가도
자취만 남는 것이 있고

발자국 찍으면
길이 되는 것도 있다

길을 가지 않아도
꽃은 길을 품는다

길 위에 있지 않고도
그 길 돌아온다

사랑 위에 핀 꽃,
꽃잎 열고 내가 들어간다

빙벽 앞에 서다

얼어버린 저 폭포 속
울어야 할 내일
잠겨 있다

절벽 가르다
결정結晶 내보인 채
누구도 품을 수 없는
깊은 산 뿌리에 닿아
속 깊이 젖고 있는
뜨거운 몸살

빙벽,
침묵 가파른 계곡을 일구는
저 심장 속에
얼음보다 더 차가운 피
살아 숨차게 뛰놀고 있다

멈춰버린
너와 나의 약속
그대의 절대 사랑
굳어버린 것은 얼음만이 아니다

나희덕
와온臥溫에서 외

1966년 충남 논산 출생
1989년 《중앙일보》 신춘문예 등단
시집 《뿌리에게》 《그 말이 잎을 물들였다》 《그곳이 멀지 않다》 《어두워진다는 것》
《사라진 손바닥》
김수영문학상 · 김달진문학상 · 오늘의 젊은 예술가상 · 현대문학상 · 이산문학상 수상
현재 조선대 문예창작과 교수

와온臥溫에서

산이 가랑이 사이로 해를 밀어 넣을 때,
어두워진 바다가 잦아들면서
지는 해를 품을 때,
종일 달구어진 검은 뻘흙이
해를 깊이 안아 허방처럼 빛나는 순간을 가질 때,

해는 하나이면서 셋, 셋이면서 하나

도솔가를 부르던 월명노인아,
여기에 해가 셋이나 떴으니 노래를 불러다오
뻘 속에 든 해를 조그만 더 머물게 해다오

저녁마다 일몰을 보고 살아온
와온 사람들은 노래를 부르지 않는다
떨기꽃을 꺾어 바치지 않아도
세 개의 해가 곧 사라진다는 것을 알기에
찬란한 해도 하루에 한 번은
짠물과 뻘흙에 몸을 담근다는 것을 알기에

쪼개져도 둥근 수레바퀴,
짜디짠 내 눈동자에도 들어와 있다

마침내 수레가 삐걱거리며 굴러가기 시작한다

와온 사람들아,
저 해를 오늘은 내가 훔쳐간다

욕탕 속의 나무들

저 나무는 어떻게 여기까지 왔을까
늙은 왕버들 한 그루가 반쯤 물에 잠겨 있다
더운 김이 오르는 욕탕,
마을 어귀 아름드리 그늘을 드리우던 그녀가
오늘은 물속을 들여다보고 있다
울퉁불퉁한 나무껍질이 더 검게 보인다
그 많던 잎사귀들은 다 어디에 두고
빈 가지만 남은 것일까
왕버들 곁으로 조금 덜 늙은 왕버들이 다가와
그녀의 등과 어깨를 천천히 밀어준다
축 늘어진 배와 가슴도, 주름들도,
주름들 사이에 낀 어둠까지도 환해진다
나무껍질 벗기는 냄새에
나도 모르게 두 왕버들 곁으로 걸어간다
냉탕에서 놀던 어린 버들이 뛰어오고
왕버들 4대ft,
나란히 푸른 물 속에 들어가 앉는다
큰 굽쇠를 향해 점점 작아지는 굽쇠들처럼
나는 당신에게서 나왔다고 말하는 몸들,
물이 찰랑찰랑 흘러넘친다
오래전 왕버들의 새순이었던 것을 기억해 낸다

대화對話

무당벌레와 나밖에 없다
추위를 피해 이 방에 숨어들기는 마찬가지다

방바닥을 하염없이 기어가다가
무료한 듯 몸을 뒤집고 버둥거리다가
펼쳐놓은 책갈피 위에 우두커니 앉아 있다가
갑자기 기억이라도 난 듯
뒤꽁무니에서 날개를 꺼내 위이잉 털기도 한다

작은 전기톱날처럼
마음 어딘가를 베고 가는 날개 소리,
창으로 든 겨울 햇살이 점박이 등을 비추고
그 등을 바라보는 눈가를 비추면

내 속의 자벌레가
네 속의 무당벌레에게 말을 건넨다

조금은 벌레인 우리가
주고받을 수 있는 대화는 어떤 것일까

냄새를 피우거나

서로의 주위를 맴돌며 붕붕거리는 것?
함께 뒤집혀 버둥거리는 것?
암술과 수술을 드나들며
꽃가루를 헛되이 일으키는 것?

어느 구석진 창틀에서 날라가기 전까지
조금은 벌레인 우리가
나눌 수 있는 온기는 어떤 것일까

노루꼬리처럼 짧은 겨울 햇살 한 줌

육각六角의 방

이 방 속에
나는 덜 익은 꿀처럼 담겨 있다
문이 열리면 후루룩 흘러내릴 것처럼

이 방 옆에
또 다른 방들이 붙어 있다는 게 마음 놓인다
켜켜이 쌓인 육각六角의 방들
고통이 들락거리며 매만지고 간다

육각은 군집할 수 있는 최적의 각도,
이 방은 또한
고립할 수 있는 최적의 넓이를 지녔다

내 어깨를 쏘았던 말벌,
그는 침을 잃었고
나는 방 속에 침을 삼키고 오래 앉아 있다

땅 위에 으깨진 말벌집,
육각의 방들이 드러나고
방마다 애벌레가 꼬물거리고 있다
검은 물결무늬를 지닌 한 세계가

출렁, 쏟아지면서 애벌레가 기어 나오기 시작한다.

꿀은 아직 익지 않았다.

숲에 관한 기억

너는 어떻게 내게 왔던가?
오기는 왔던가?
마른 흙을 일으키는 빗방울처럼?
빗물 고인 웅덩이처럼?
젖은 나비 날개의 지분처럼?
숲을 향해 너와 나란히 걸었던가?
꽃그늘에서 입을 맞추었던가?
우리의 열기로 숲은 좀 더 붉어졌던가?
그때 너는 들었는지?
수천 마리 벌들이 일제히 날개 터는 소리를?
그 황홀한 소음을 무어라 불러야 할까?
사랑은 소음이라고?
네가 웃으며 그렇게 말했던가?
정말 그 숲이 있었던가?

그런데 웅웅거리던 벌들은 다 어디로 갔지?
꽃들은, 너는, 어디에 있지?
나는 아직 나에게 돌아오지 못했는데?

절, 뚝, 절, 뚝,

다친 발목을 끌고 향일암 간다
그는 여기에 없고
그의 부재가 나를 절뚝거리게 하고
가파른 돌계단을 오르는 동안
절, 뚝, 절, 뚝,
아픈 왼발을 지탱하느라
오른발이 더 시큰거리는 것 같고
어둔 숲그늘에서는
알 수 없는 향기가 흘러나오고
흐르는 땀은 그냥 흘러내리게 두고
왼발이 앞서면 오른발이 뒤로,
오른발이 앞서면 왼발이 뒤로 가는 어긋남이
여기까지 나를 이끌었음을 알고
해를 향해 엎드릴 만한 암자 마당에는
동백이 열매를 맺기 시작하고
그 빛나는 열매에는 손도 대지 못하고
안개 젖은 수평선만 바라보다가
절, 뚝, 절, 뚝, 내려오는 길
붉은 흙언덕에서 새끼 염소가 울고
저녁이 온다고 울고
흰 발자국들처럼 산딸나무 꽃이 피고

손바닥이 울리는 것은

길에 거꾸로 처박힌 전봇대,
전선 몇 가닥이 헛뿌리처럼 드러나 있다

물과 양분 대신 전류를 실어 나르던
저 잿빛 나무는
서 있는 일에 얼마나 몰두했던지
곁가지 하나 내지 않고 제 생生을 다했다

종일 비가 내리고
처박힌 전봇대에 아직 전류가 흐르는지
손바닥이 징— 징— 울린다

네 비참悲慘보다도
네 비참을 바라보는 나의 비참을 견딜 수 없어
내리친 것이 너의 뺨이었다니!

손바닥이 울리는 것은
처박힌 전봇대 때문이 아니라
빗줄기 때문이 아니라
서 있는 일에만 몰두했던 나의 수직성 때문

그러나 저 잿빛 나무처럼
내가 실어 나르던 것은 사랑이 아니었으니!

거대한 분필

분필은 잘 부러진다. 또는 잘 부서진다

청록의 칠판 위에서
먼지를 일으키며 파발마처럼 달리는
분필 한 자루

그것이 죽음의 소식이었다는 것을
알게 되기까지 너무 많은 분필을 낭비했다

죽은 이들의 잿가루를 모아서 만든
거대한 분필*,
사람의 키보다 훨씬 큰 분필 앞에 서 있는데
갑자기 환청이 들려오기 시작했다

분필 속에 뒤엉켜 있는 목소리들

그 후로 칠판에 분필을 대면
어떤 목소리가 끼어들고
어떤 손이 완강하게 가로막고
어떤 손이 낯선 분절음을 휘갈기게 한다

선생 노릇 십여 년
화장火葬을 치르고 난 사람처럼
손가락에 묻은 분필 가루를 씻어내는 동안
나는 하루하루 조개에 가까워져 간다

분필은 잘 부서진다. 또는 부서져 쌓인다
칠판 위에 곧 스러질 궤적을 그리며

_____
* 쑨 위엔과 펑유, 〈하나 또는 모두〉. 2004년 광주비엔날레전

송찬호
만년필 외

1959년 충북 보은 출생
1987년 《우리 시대의 문학》으로 등단
시집 《흙은 사각형의 기억을 갖고 있다》 《10년 동안의 빈 의자》 《붉은 눈, 동백》
동서문학상 · 김수영문학상 수상

만년필

이것으로 무엇을 이룰 수 있었을 것인가 만년필 끝 이렇게 작고 짧은 삽날을 나는 여지껏 본 적이 없다

한때, 이것으로 허공에 광두정을 박고 술 취한 넥타이나 구름을 걸어두었다 이것으로 경매에 나오는 죽은 말대가리의 눈 화장을 해주는 미용사 일도 하였다

또 한때, 이것으로 근엄한 장군의 수염을 그리거나 부유한 앵무새의 혓바닥 노릇을 한 적도 있다 그리고 지금은 이것으로 공원묘지에 일을 얻어 비명을 읽어주거나, 비로소 가끔씩 때늦은 후회의 글을 쓰기도 한다

그리하여 볕 좋은 어느 가을날 오후 나는 눈썹 까만 해바라기 씨를 까먹으면서, 해바라기 그 황금 원반에 새겨진 '파카'니 '크리스털'이니 하는 빛나는 만년필시대의 이름들을 추억해 보는 것이다

그러면서 나는 오래된 만년필을 만지작거리며 지난날 습작의 삶을 돌이켜본다—만년필은 백지의 벽에 머리를 짓찧는다 만년필은 캄캄한 백지 속으로 들어가 오랜 불면의 밤을 밝힌다—이런 수사는 모두 고통스런 지난 일들이다!

하지만 나는 책상 서랍을 여닫을 때마다 혼자 뒹굴어 다니는 이 잊혀진 필기구를 보면서 가끔은 이런 상념에 젖기도 하는 것이다―거품 부글거리는 이 잉크의 늪에 한 마리 푸른 악어가 산다

사과

여기 이 붉은 곳은 사과의 남쪽, 홍수의 개미들이 위태하게 건너가는 저 녹슨 철사줄은 사과의 적도, 그리고 물컹하게 썩어가는 여기 이곳이 사과의 광대뼈

이제 허리 구부러진 저 늙은 사과나무의 무릎에서 사금을 캐지 말자 탈옥의 휘파람을 불지 말자 생의 달콤함을 훔쳐 달아나던 팔 월의 사과도 저렇게 붉은 가죽조끼 한 벌로 포박돼 가지 끝에 매달려 있으니

부카치카 부카치카, 벌판을 달려와 허공으로 앞머리를 번쩍 쳐든 바람의 하모니카 여기는 더 이상 갈 곳 없는 개망초 나라, 가쁜 숨을 헐떡이며 망촛대 몇 단 부러뜨려 침목으로 베고 누운 곳, 물 한 그릇 떠놓을 성소조차 한 곳 없는 여기는 사과의 뒤편

여기쯤 파란 대문이 서 있었겠다 이 문으로 사내들은 진귀한 낙타 눈썹을 찾아 사막으로 떠나고 얼굴 검은 여자들이 태양의 분을 바르고 십 리를 걸어 마마와 기근을 영접했겠다 그래도 여길 다시 한 번 보아라 돌로 찧은 여뀌즙 사랑은 여전히 물고기 눈을 찌르고 갈라진 시멘트 틈에서도 아이들은 분수처럼 솟고 천 일의 밤을 팔아 아침 한때를 맞이하리니,

누군가 한 입 베어 먹고 멀리 던져버린 여기는 사과의 궁전

채송화

이 책은 소인국 이야기이다

이 책을 읽을 땐 쪼그려 앉아야 한다

책 속 소인국으로 건너가는 배는 오로지 버려진 구두 한 짝

깨진 조각 거울이 그곳의 가장 커다란 호수

고양이는 고양이수염으로 포도씨만 한 주석을 달고

비둘기는 비둘기 똥으로 헌사를 남겼다

물뿌리개 하나로 뜨락과 울타리

모두 적실 수 있는 작은 영토

나의 책에 채송화가 피어 있다

꽃밭에서

탁란의 계절이 돌아와, 먼 산 뻐꾸기 종일 울어대다
채송화 까만 발톱 깎아주고 맨드라미 부스럼 살펴보다
누워 있는 아내의 입은 더욱 가물다 혀가 나비처럼 갈라져
있다
오후 한나절 게으름을 끌고 밭으로 나갔으나 우각牛角의 쟁
기에
발만 다치고 돌아오다
진작부터 곤궁이 찾아온다 했으나 마중 나가진 못하겠다
개와 고양이들 지나다니는 무너진 담장도 여태 손보지 않고
찬란한 저 꽃밭에 아직 생활의 문도 세우지 못했으니

비는 언제 오나
애야, 빨래 걷어야겠다
바지랑대 끝 뻐꾸기 소리 다 말랐다

나비

나비는 순식간에
째크 나이프처럼
날개를 접었다 펼쳤다

도대체 그에게는 삶에서의 도망이란 없다
다만 꽃에서 꽃으로
유유히 흘러 다닐 뿐인데,

수많은 눈이 지켜보는
환한 대낮에
나비는 꽃에서 지갑을 훔쳐내었다

기록

대체 서기書記 된 자의 책무란 얼마나 성가신 일인가 언젠가 나는 길을 잃고 헤매는 코끼리 떼를 흰 종이 위로 건너오게 한 적이 있었다

나는 그들의 숫자, 나이와 성별, 엄니의 길이와 무게, 무리의 지도자 습성, 이동 경로를 기록했다

그리고, 그들의 길고 주름진 코로 노획한 물건들—옷핀, 금발 인형, 빈 콜라병, 탐정용 돋보기, 야구 싸인 볼, 샌들 한 짝, 담배 파이프, 테러리스트의 복면 등, 온갖 문명의 잔해들도 자세히 적었다

그들의 다리는 굵고 튼튼하다 포도주를 짓이겨 대지의 부은 발등에 붓고 거친 나뭇가지와 뿌리를 씹어 엽록의 공장을 돌리고 낫처럼 휘어진 거대한 비뇨기로 곡식을 베어 눕힌다

그들에게 실향이란 없다 황혼이 오면 그들은 목울대를 움직여 그들이 사랑하는 악기, 튜바의 삼각주로, 전 세계에 흩어진 천 개의 코끼리강을 부른다 달콤한 무릎 관절의 샘이 흰개미를 불러 모으듯, 다이아몬드 광산이 총잡이를 부르듯,

홍해가 갈라지는 아침, 찢겨진 범선 같은 귀를 펄럭이며 한 무리의 대륙이 새로운 길을 찾아 천천히 이동해 가는 것을 나는 보았다

고양이가 돌아오는 저녁

고양이가 돌아오는 저녁,

입 안의 비린내를 헹궈내고
달이 솟아오르는 창가
그의 옆에 앉는다

이미 궁기는 감춰두었건만
손을 핥고
연신 등을 부벼대는
이 마음의 비린내를 어쩐다?

나는 처마 끝 달의 찬장을 열고
맑게 씻긴
접시 하나 꺼낸다

오늘 저녁엔 내어줄 게
아무것도 없구나
여기 이 희고 둥근 것이나 핥아보렴

반달곰이 사는 법

지리산엘 가면 뱀사골 등산로에서 간이 휴게소를 운영하는 신혼의 젊은 반달곰 부부가 있다 휴게소는 도토리묵과 간단한 차와 음료를 파는데, 차에는 솔내음차, 바위꽃차, 산각시나비 팔랑임차, 뭉게구름피어오름차 등이 있다 그중 등산객들이 즐겨찾는 것은 맑은바람차이다

부부는 낮에 음식을 팔고 저녁이면 하늘의 별을 닦거나 등성을 밝히는 꽃등의 심지에 기름을 붓고 등산객들이 헝클어놓은 길을 풀어내 다독여주곤 한다 그런데, 반달곰 씨의 가슴에는 큼직한 상처가 있다 밀렵꾼들의 총에 맞아 가슴의 반달 한 쪽이 떨어져 나갔기 때문이다

일전에 반달보호협회에서도 찾아왔었다 그대들 곰은 이미 사라져갈 운명이니 그 가슴의 반달이나 떼어 보호하는 게 어떤가 하고, 돌아서 쓸쓸히 웃다가도 반달곰 씨는 아내를 보자 금세 얼굴이 환해진다 산열매를 닮아 익을 대로 익은 아내의 눈망울이 까맣다 머지않아 아기 곰이 태어나는 것이다 그러면 앞으로도 우리는 하늘을 아장아장 걷는 낮에 나온 반달을 볼 수도 있지 않을까

그 험한 산비탈 차를 몰며 요즘 반달곰 씨는 등산 안내까지

겸하고 있다 오늘은 뭐 그리 신이 나는지 새벽부터 부산하다
어이쿠, 길 비켜라 우당탕 퉁탕, 저기 바위택시 굴러온다

이정록
갈대 외

1964년 충남 홍성 출생
1989년 《대전일보》 신춘문예, 1993년 《동아일보》 신춘문예에 당선
시집 《벌레의 집은 아늑하다》 《풋사과의 주름살》 《버드나무 껍질에 세들고 싶다》
《제비꽃 여인숙》 《의자》
김수영문학상 · 김달진문학상 수상
현재 천안 중앙고등학교 교사

갈대

겨울 강, 그 두꺼운

얼음종이를 바라보기만 할 뿐

저 마른 붓은 일획이 없다

발목까지 강줄기를 끌어올린 다음에라야

붓을 꺾지마는, 초록 위에 어찌 초록을 덧대랴

다시 겨울이 올 때까지 일획도 없이

강물을 찍고 있을 것이지마는,

오죽하면 붓대 사이로 새가 날고

바람이 둥지를 틀겠는가마는, 무릇

문장은 마른 붓 같아야 한다고

그 누가 일획一筆도 없이 휘지揮之하는가

서걱서걱, 얼음종이 밑에 손을 넣고

물고기비늘에 먹을 갈고 있는가

명창

　막 오줌을 가리기 시작한 돌배기 사내애가 바싹 마른 빈 우유곽에 작은 고추를 디밀어 넣고는 핏발선 얼굴로 오줌을 갈기는데, 천지간에 그리도 유쾌하고 장대한 폭포 소리라니, 새끼들 밥숟가락 부딪는 소리와 책 읽는 소리와 가문 논에 물 잡는 소리가 가장 듣기 좋은 소리라는데, 여기에다 이 오줌발 한 자락을 더하니 드디어 완창이라. 우유곽 속에 숨어 있던 그 어린 소리꾼의 새끼손가락만 한 목젖을 한 번만이라도 볼 양이면 두 눈 두 귀가 확 터져서 세상 잡것들도 모두 귀명창이 되는 것이렷다.

개나리꽃

개나리 활대로 아쟁을 켠다
아쟁은 아버지 같다, 맨 앞에 앉아 노를 젓지만
물결 소리는 가라앉고 거품만 부푼다
황달에서 흑달로 넘어간 아버지
백약이 무효인 개나리 울 아버지
해묵은 참외꼭지를 빻아서 콧구멍에 쏟아 붓고는
숨넘어가도록 재채기를 한다, 절대 안 되여
사약이여 사약, 한약방에서 절레절레 고갤 흔든
극약처방이 노란 콧물을 뿜어 올린다
오십 년 묵은 아버지 콧구멍, 개나리꽃 사태다
이렇게 살어 뭐혀, 두두두 무너지는 북소리
몸 뒤집은 아쟁이 마룻장을 두드린다
이제는, 배도 노도 갈앉은 지 십수 년
속 빈 개나리 활대로 아쟁을 켠다
개나리나무는 내공 깊은 속울음이 있다
마디도 없는 게 악공이 되는 까닭이다
개나리 꽃그늘에 앉으면 자꾸만 터지는 재채기
아쟁소리 위로 노란 기러기발 끝없이 날아오른다
다시 황달로 돌아온 아버지처럼, 봄은
극약처방 없이는 꼼짝도 않는다

우담바라

몸뻬의
양 무릎과 궁둥이에
보푸라기가 다닥다닥하다

보풀보풀
풀잠자리알 같다

하루 더 살면 하루 더 고생이라는,
어떻게든 몸 빼내면 거기가 극락이라는,
입버릇 나쁜 몸뻬

콩나물시루 위에
막 사람을 빠져나온 몸뻬가 덮여 있다
막무가내 해탈하는 콩나물이 있다
젖은 보푸라기가 있다

어서 데려가라

불길 쪽으로
대가릴 들이미는 작것들이 있다

메추리알

자이툰 부대 군복 같다

전역戰役이 아니라 이젠 전역轉役이다

땀 뺀 놈에겐 소금이 약, 훌훌 벗겨 접시에 놓으니

손발 잘려나간 소년소녀들 눈망울이 그득하다

따가워라, 눈알 저편에서 솟구치는 모래바람

간절함이란 메추리알의 얼룩무늬처럼 슬픈 것

번짐과 스밈의 절정까지 얼마나 미주알을 옴찔거렸나

대대손손, 얼마나 많은 기도가 똥구멍 찢어지게 밀려나올거나

다시 후래자 석 잔, 빈 소주병을 포탄인 양 들여다본다

이 거짓 푸르름을 어디에다 터뜨려버릴 것인가

잔을 들자, 방아쇠를 그러쥔 듯

검지와 장지가 차갑게 굳는다

멍에

쟁기가 멍에를 잡아채자
소의 목덜미에 주름이 잡힌다

맨 처음 멍에를 얹었을 때
그 쓰라린 예닐곱 개의 주름은
한 개 혹 속에 갇혔다

글 쓰는 이가
펜혹으로 세상을 두드리듯, 소는
멍에터에 묻힌 어린 주름살의 힘으로
대지 위에 초록 주름을 잡는다
하늘의 짝이 된다

제 목덜미에 무덤을 얹은 채
쇠방울을 흔드는 젖은 눈

밀이며 보리며 벼의 뿌리는
멍에터에서 빠져나간
일소의 터럭을 닮았다

물길

식구食口라는 그릇에
찰람거리는 물의 총량은 같다
손자 녀석이 턱받이를 걷어내자
설암舌癌의 할아버지가 침 질질 흘린다
물줄기가 원자력병원까지 번진 것이다
대처로 떠난 자식들 눈물 콧물 다 말라버리자
감나무 아래 머위 잎이 눈물 받는다
홀어머니가 매일 이마를 짚는 감나무
그 손자국의 높이가 낮아진다, 해마다
감나무는 키가 자라고 어머니는 가라앉는다
수저통 속 수저들처럼 물기를 놓지 말아야 한단다
식구들아 활活이란 글자를 들여다보아라
혀가 젖어 있어야만 먹을 수 있단다 살아갈 수 있단다
오늘은 새벽 일찍 일어나 고향 쪽으로 큰절 올린다
꿈자리에 아버지의 채찍이 다녀가신 것이다
태반에서 빠져나간 물줄기는 어디로 갔나
전선마다 맺혀 있는 물방울들, 뚜두두두
뚜두두두, 전화선을 타고 오는 어머니의 기침 소리
이웃집 인삼밭으로 일 나간다, 하신다
인삼이 좋긴 좋은가 보더라 게서 일하고 오면
몸이 가뿐하더라, 하신다 주인 몰래 많이 주워 먹었더니

목이 탄다, 하신다 머위 잎이 전화기 밖으로
푸른 손을 내민다 잔뿌리 주워 와서 인삼김치 담가놨으니
가져가라, 하신다 정화수가 내 눈자위로 엎질러진다
물줄기가 이쪽으로 다 쏠렸으니 한동안 가물겠다
콩 이파리들 신작로 아래로 축축 늘어지겠다
인삼김치는 오래되면 깔깔하다, 하신다
잔대처럼 마르다가 팍 물러져서
아예 못 먹게 된다, 하신다
듣고 있냐 내 말 듣고 있냐 얘가 왜
말이 없냐, 전화가 끊긴다

나무 의자

나무 의자는

날개로 바닥을 짚고 있는

여자다, 나이테마다 새가 갇혀 있다

새 울음소리로 적금을 붓는 여자

피멍의 울대에서 적금을 빼돌리고

대못을 치지 않았는가, 비스듬 걸터앉은

빈 둥우리에서 못대가리가 치민다

울음소리 그득한 통장엔 만기가 없다

낡은 의자 안으로 짐승들이 들이쳤는가

녹물 흥건한 날개로 바닥을 치는 여자

달아날 듯 비껴 앉은 생의 허우대들

그 등짝 절벽만 어둡게 바라보는

나무여자, 새소리마저 잦아드는

오세영 삶의 본원적 문제에 대한 성찰
　　　　— 생에 대한 철학적 성찰을 미학적으로 형상화하는 능력

김명인 의고체의 힘
　　　　— 서로 삼투하는 울림들의 미묘한 파장과 긴 여운

문정희 미래를 예시하는 웅혼한 시 정신을 기다리며
　　　　— '소월' 정서에 가장 어울리는 시인의 수상

최동호 소월의 시와 시적 정통성을 위하여
　　　　— 소월 · 백석을 잇는 순수 서정시의 새로운 개화

권영민 시적 서정의 깊이와 상상력의 진폭
　　　　— 내면의 깊이를 천착해 들어가는 시법의 탁월함

삶의 본원적 문제에 대한 성찰

문태준의 시는 사물을 통해 삶의 본원적인 문제들을 성찰시키는 데 본질을 지닌 것 같다. 생에 대한 어떤 철학적 깨달음을 미학적 형상성과 잘 결합시킬 수 있는 능력이야말로 바로 그의 탁월한 시적 재능임을 알게 한다.

오세영(시인 · 서울대 국문과 교수)

예심을 통과해 올라온 후보작들을 면밀히 검토하고 심사위원들끼리 충분한 토론을 거쳐, 별다른 이의제기 없이 문태준 시인을 올해의 소월시문학상 수상자로 만장일치의 합의를 본 것을 무엇보다 다행으로 생각한다.

이번 심사는 먼저 문학상이 우리 문단에 기여할 수 있는 의의가 무엇인지를 반성하는 일로부터 시작하였다. 그 결과 우선 문단의 시류성을 극복하고 문학의 진정성을 회복하는 데 일조할 수 있어야 한다는 의견에 동의하였다. 이번 심사의 대전제라 할 수도 있을 것이다.

문태준은 다 아는 바와 같이 근래에 들어 주목을 받고 있는 젊은 시인이다. 작년엔 큼직한 상도 두어 개 받은 바 있다. 바로 그 점 때문에 조금 더 두고 지켜보자는 의견이 일부 없지도 않았다. 젊은 그의 앞날을 사랑하는 심사위원들의 마음이랄 수 있다. 그러나 작품이 좋다는 사실에서만큼은 어쩔 수 없었다.

문태준의 시는 사물을 통해 삶의 본원적인 문제들을 성찰시키는 데 본질을 지닌 것 같다. 그렇다고 해서 이런 유형의 시에서 흔히 빚어지는, 언어의 긴장감이나 시의 미학적 특성이 제약되어 있는 것도 아니다. 생에 대한 어떤 철학적 깨달음을 미학적 형상성과 잘 결합시킬 수 있는 능력이야말로 바로 그의 탁월한 시적 재능임을 알게 한다.

이번의 수상작 〈그맘때에는〉 역시 그러하다. 유년 시절의 어느 초가을, 잠자리를 잡았다 놓친 손의 허전함을 문득 추억하면서 생의 덧없음과 적멸의 의미를 깨우친 이 작품에는 불교적 세계관이 잔잔히 반영되어 있다. 그러나 그것은 단순히 관념적 차원이 아니라 구체적인 사물 혹은 감각적 이미저리 imagery에 의해서 형상화되고 있음을 주목해야 한다. 예컨대 푸른 하늘과 빈 손, 잠자리와 무덤의 비석 같은 이미지들의 병렬적 제시가 그것이다.

이정록의 작품 역시 요즘 유행하고 있는 시류적 시인들의 사말적, 혹은 신변잡기적 언어유희나 센세이셔널한 상황 혹은 풍경 묘사의 경향을 뛰어넘어 생에 대한 자신의 생각을 진솔하게 내비쳤다는 점에서 심사위원들의 주목을 받았다. 그에게는 사물을 바라보는 다양한 눈과 그것을 방만하게 제시할 수 있는 언어의 구사력이 있다. 언어가 개방적이다. 그러나 바로 그러하기 때문에 언어가 다소 거칠고 사변적이라는 느낌을 준다. 후보작에 오른 작품들 가운데서는 〈갈대〉라는 작품이 가장 뛰어났다. 잘 정제된 언어, 절제된 감성, 감각적 표현이 한데 어우러져 비교적 나무랄 데 없는 작품을 빚어놓았다.

송찬호의 작품도 다른 후보의 그것과 비교해서 결코 뒤질 바 없었다. 아니 작품 그 자체만의 완성도만을 놓고 본다면 오히려 더 좋았다는 인상이다. 그러나 우선 작품 양이 현격하게 적었고 작품 세계가 너무 소품적이라는 점에서 밀려나게 되었다. 앞으로 더욱 활발한 문단 활동이 기대되는 대목이다. 〈채송화〉는 우리 문단에서 근년에 들어 거두기 힘든 알곡의 하나가 아닐까 한다. 동화적 상상력 속에 삶의 원시적 피안을 노래하면서 현실의 미망을 성찰한 이 작품은, 그 소재의 소품적인 성격에도 불구하고 우리에게 많은 생각을 불러일으키게 한다.

그 밖에 당선작 후보로 올랐으나 안타깝게 우수작상에 그친 김완하 · 김신용 · 나희덕 시인에게도 격려를 보내며 앞으로 더욱 좋은 작품 세계를 펼쳐주기를 바란다.

의고체의 힘

문태준 시의 소품들은 대체로 옛것들이지만 어제 오늘 정성껏 닦아서 새롭게 윤을 낸 듯 마음의 숨결까지 투명하게 거기 얼비친다. 듬성듬성 성긴 듯 접질러놓은 물상들 사이에는 서로 삼투하는 울림들이 미묘한 파장으로 잦아들며 긴 여운을 이끈다.

김명인(시인 · 고려대 문창과 교수)

문태준의 시는 아름답다. 의고체擬古體로 담아낸 시의 소품들은 대체로 옛것들이지만 어제 오늘 정성껏 닦아서 새롭게 윤을 낸 듯 마음의 숨결까지 투명하게 거기 얼비친다. 수상작으로 선정된 〈그맘때에는〉에서는 하늘에서 놀던 잠자리 떼가 사라졌다는 지극히 범상한 관찰로 언젠가 우리 모두에게 찾아들 이 지상에서의 공허를 예사롭지 않게 유추해 낸다.

그맘때가 올 것이다, 잠자리가 하늘에서 사라지듯

그맘때에는 나도 이곳서 사르르 풀려날 것이니

듬성듬성 성긴 듯 접질러놓은 물상과 물상 사이에는 서로 삼투하는 울림들이 미묘한 파장으로 잦아들고, 긴 여운을 이

끝면서 독자에게도 오랜 울림의 잔영殘影을 남기게 되는 것이다. 젊은 시인의 것이라고는 믿을 수 없는 이 노련함은 그만의 장점이자 단점이기도 할 터. 염려라면 그 시의 아름다움이 현실의 풍파를 애써 외면해 버린 대가로 얻어지는 게 아닐까 하는 기우다. 그의 능숙함은 〈극빈 1〉이라는 시편에서는 게으른 농부의 열무꽃 파다한 밭조차 흰 나비들의 무도장으로 바꾸어놓는다.

> 채소밭에 꽃밭을 가꾸었느냐
> 사람들은 묻고 나는 망설이는데
> 그 문답 끝에 나비 하나가
> 나비를 데려온 또 하나의 나비가
> 흰 열무꽃잎 같은 나비 떼가
> 흰 열무 꽃에 내려앉는

이 의고체에는 생생한 아름다움이 살아 있다. 우리가 놓치기 일쑤였던 좁고 여린 마음을 디디고 앉힐 간절한 극빈이 비로소 자리를 잡는 것이다. 그 간절함은 〈옥매미〉와 같은 작품에서는 "그늘 속으로 흐르다/ 나무 그늘로 돌아온 목숨/ 매미는 누굴 찾아 헤매어 이 여름을 우나"로 자연스럽게 발전해 가기도 한다. 그리하여 그가 우리에게 내어주는 시의 어깨는 모처럼 되돌아가서 앉아보는 회억回憶의 의자다. 그러나 지금은 아스라해진 "보릿질금 같은 세월"(〈자루〉)을 메고 있는 한, 그의 시는 현실을 살아가는 독자들에게는 다소간 머뭇하다. 그도 이 대답을 회피하지는 않겠지만, 생각해보니 비단 그에게 한정될 물음은 아닌 듯하다. 다만 그가 근래 연거푸 짐지게 된 과도한 상찬賞讚에서 보다 자유로워지길 바랄 뿐이다.

이정록과 송찬호 경우도 수상자로서는 손색이 없었다. 다만 이정록은 고른 수준의 많은 시편에도 불구하고 당선작으로 선뜻 내세울 한 편을 고르기가 수월치 않았다는 점에서, 송찬호는 〈만년필〉과 같은 발군의 작품이 있었음에도 한 해 발표된 시가 고작 3편에 지나지 않는다는 과작寡作에 대한 염려로, 아깝게도 수상자의 자리를 내어줄 수밖에 없었다. 안타까운 일이었다.

미래를 예시하는 웅혼한 시 정신을 기다리며

정갈하고 맛있게 시를 빚어내는 솜씨도 믿음직하려니와, 이 땅의 '소월 정서'에 가장 어울리는 시인의 수상이라는 점에서도 돋보였다. 그의 내면에 밀봉해 놓은 아찔한 충돌에의 의지, 벼랑으로 기꺼이 뛰어내리는 치열함도 불처럼 함께 살아나기를.

문정희(시인 · 동국대 문창과 석좌교수)

시의 힘과 효용에 대한 논의가 끝없이 이어지는 가운데 한국시는 지금 유래 없는 양적 팽창을 꾀하고 있다.

범람에 가까운 시 잡지들의 출현과 여러 이름을 내건 문학상을 놓고 오히려 한국 문학의 재앙과 위기를 예고하는 소리가 튀어나오기도 한다.

하지만 이런 양적 활성화는 시인들의 긴장을 고취시키고 역량을 맘껏 발휘할 수 있게 만드는 계기를 마련한다는 점에서 한국시의 발전에 기여를 하고 있음도 또한 사실이다.

해당 기간 동안 발표된 시인들의 작품 수가 예년에 비해 현저히 늘어난 현상도 바로 많은 문예지의 출현과 무관하지 않다고 하겠다.

그 가운데 최고의 작품에게 수여되는 소월시문학상의 최종심에 스무 명의 시인들이 올라왔고, 다시 여섯 시인으로 압축

되었다.

이 여섯 시인들의 작품은 그중 누가 대상으로 뽑히더라도 손색이 없을 만치 탁월한 언어의 조탁과 진정성, 상상력의 진경을 보여주고 있었다.

그러나 최근의 시단의 경향이랄까, 시인들의 관심은 시대를 투시하는 사상성이나 언어의 새로운 탐험보다는 사소한 사물을 진솔한 시선으로 응시하여 정감과 호소력을 획득하는 데 머물고 있음도 사실이다. 의고풍의 주제, 섬세한 묘사, 그것에서 연상되는 몇 낱의 이치를 통하여 시적 깊이와 감동을 꾀하고 있다는 점에서 공통된 특징을 이루고 있는 것이다.

시가 언어예술의 정점이요, 존재라고 한다면 이 복잡하고 산만한 시대에 웅혼한 힘을 주고 미래를 예시하는 시는 진정 생산될 수 없는 것일까.

더구나 우리가 사는 현실이 이미 범지구적인 환경으로 열려 있음을 감안할 때 자연과 섭리, 무욕으로 일관하는 시적 태도, 소박한 서정 위주의 소품들이 주가 되는 현상은 일말의 아쉬움을 남기기에 충분하다 하겠다.

여섯 시인 가운데 송찬호, 이정록, 문태준으로 의견을 좁혔다. 깊은 수묵화를 연상케 하는 언어의 조탁 솜씨를 보여준 나희덕의 〈와온에서〉와 자연 존재를 탁월한 의인화로 형상화한 김완하의 〈그늘 속으로〉, 감각적인 시어 속에 숨은 이치를 응시하는 김신용의 〈도장골 시편〉도 상당한 수준이었으나, 위의 세 시인들이 골고루 보여준 시적 성취에 주목을 하자는 데 큰 의의가 없었다.

그 가운데 송찬호의 〈만년필〉 외 2편은 최근 발표한 시들

중 단연 돋보이는 가편이었다. 신선한 언어, 흥분하지 않고 사물을 조탁해 가는 솜씨, 개인사적인 체험이나 서투른 도가풍에 빠지지 않고 끝까지 탐험의식으로 밀고 나가는 태도는 최근 우리 시가 건져 올린 수확이었다.

이정록은 〈갈대에서〉 외 시편을 통하여 허세 없는 시어로 사물을 포착하는 서정시의 본령을 마음껏 발휘하고 있었다. 상당한 양의 시를 발표했지만 일정한 시적 긴장을 팽팽하게 유지하여 그의 솜씨를 한껏 보여주었다.

결국 심사위원들의 의견은 문태준의 〈그맘때에는〉으로 모아졌다.

그는 최근 가장 주목받는 시인의 한 사람으로 유수의 문학상의 수상 경력을 이미 가진 바 있어 이런 집중된 주목이 젊은 시인의 미래에 덫이 될 수도 있다는 의견도 있었다. 그러나 그해 '최고의 작품'을 뽑는 소월시문학상 본래의 의의를 되살리며 수상작으로 〈그맘때에는〉을 결정하는 데 전원 합의하였다.

정갈하고 맛있게 시를 빚어내는 그의 솜씨도 믿음직하려니와, 이 땅의 '소월 정서'에 가장 어울리는 시인의 수상이라는 점에서도 그는 돋보였다.

소처럼 꾸준하고, 겸양을 아는 시인이지만 이제 그의 내면에 밀봉해 놓은 아찔한 충돌에의 의지, 벼랑으로 기꺼이 뛰어내리는 치열함도 불처럼 함께 살아나기를 기대해 본다.

수상 시인에게 진심으로 축하를 드리고, 빼어난 시편으로 끝까지 논의의 대상이 되었던 우수상 수상 시인들에게도 박수를 보낸다.

소월의 시와 시적 정통성을 위하여

우리는 문태준의 시에서 오늘의 한국시가 나아갈 서정시의 한 정통성을 발견한다. 김소월에서 시작되어 백석을 거쳐 박목월·조지훈 등으로 이어지는 순수 서정시의 새로운 개화를 기대한다.

최동호(시인·고려대 국문과 교수)

최종심에 추천된 시인 중에서 내가 관심을 갖고 추천한 분들은 나희덕·문태준·송찬호·이정록 등이었다. 모두 그 나름의 시력과 이에 걸맞는 시적 수준을 보여주었다는 점에서 한국 시단의 높은 현 수준을 엿볼 수 있었다.

나희덕의 경우 자신의 수준을 유지하는 작품을 발표했지만 종전의 시에서 한 걸음 나아간 진경을 보여주지 않았다는 아쉬움을 느끼게 하였다. 이정록은 〈우담바라〉·〈폐경기〉 등의 우수한 시를 발표했는데, 좀 더 박력 있게 밀고 나가는 시적 형상력이 부족했다.

송찬호의 〈만년필〉·〈채송화〉 등은 많은 심사위원들이 모두 좋은 작품이라는 점에 동의하였지만, 아직 양적인 면에서 작품이 부족하다는 것이 약점이었다. 한 편의 뛰어난 작품을 뒷받침하는 보다 많은 작품들이 필요하다는 것이 된다. "이것으로 무엇을 이룰 수 있었던 것인가 만년필 끝 이렇게 작고 짧은 삽날을 나는 여지껏 본 적이 없다"로 시작하여 "이 잉크의 늪에 한 마리 푸른 악어가 산다"로 끝맺는 송찬호의 시적 발상과 어법은 뛰어난 시적 완결성을 보여준다. 송찬호 시인이 최종 수상자로 선정되지 못한 것은 큰 아쉬움이다.

문태준의 경우 〈옥매미〉·〈자루〉·〈그맘때에는〉 등 높은 수준의 시를 발표하였다. 질량 면에서 그의 시들은 동세대의 시인들 중에서 독보적이라고 할 만하다. "죽은 이의 검은 혀 위에 손톱만 한 / 옥매미를 올려 주는 풍습"을 시적 상징으로 풀어내거나 "보릿질금 같은 세월의 자루를 메고 이 새벽 내가 꿔온 영원"을 생각하는 그의 시적 상상은 웅숭깊고 삶의 음울한 측면을 절묘하게 포착하고 있다. 그러나 이러한 시편들은 밝고 건강한 세계라기보다는 죽음과 슬픔의 그늘이 배어 있다는 점에서 아쉬움을 갖게 하였다. 좀 더 자신을 풀어헤쳐 분방하게 풀어낸 〈그맘때에는〉이 수상작으로 선정된 것은 무거운 주제를 가볍고 활달하게 펼쳐나갔기 때문이다. 〈옥매미〉나 〈자루〉가 닫힌 세계라면 〈그맘때에는〉은 열린 세계이며, 어떤 면에서 문태준의 시가 이와 같은 활달함으로 전개되기를 바라는 측면도 있다. 이런 시 세계는 김소월의 민요적 측면을 계승하면서 백석 유의 이야기성도 확보해 나가는 시적 방편이 된 것이다.

물론 문태준 시에도 약점이 없는 것은 아니다. 그의 시가 현장적이고 미래적 역동성을 가진 것이라기보다는 다분히 복고적이고 정태적이라는 혐의를 부인하기 어렵다. 그러나 성급한 진보주의보다는 확고하게 자기의 세계를 다지면서 앞으로 나아가는 시적 작업이 우리 시단의 전진을 위해 중요한 의미를 갖는다고 생각한다. 지난 1980년대 민중시나 1990년대의 해체시들이 어떠한 경로를 거쳐나갔는가를 오늘의 우리는 반성적인 거울로 삼아야 하기 때문이다.

어떻든 우리는 문태준의 시에서 오늘의 한국시가 나아갈 서정시의 한 정통성을 발견한다 해도 과언이 아니다. 김소월에서 시작되어 백석을 거쳐 박목월·조지훈 등으로 이어지는 순수 서정시의 새로운 개화를 기대하면서 문태준의 소월시문학상 수상을 진심으로 축하하는 바이다.

시적 서정의 깊이와 상상력의 진폭

문태준의 시에서 주목되는 것은 섬세한 언어적 감각을 통해 사물에 대한 인식에 구체성을 드러내고 있다는 점이다. 더구나 서정적 주체에 대한 깊은 통찰을 동시에 보여준다는 점에서 그 미학의 무게를 짐작할 만하다.

권영민(문학평론가 · 서울대 국문과 교수)

　올해 소월시문학상 최종 심사에 오른 후보작 가운데 내가 주목한 것은 송찬호의 〈만년필〉을 비롯한 두어 편의 작품들, 나희덕의 〈와온에서〉와 너댓 편의 시, 문태준의 〈그맘때에는〉을 중심으로 하는 근작들이었다. 이 작품들은 모두 시적 상상력의 진폭과 그 서정의 깊이를 균형 있게 보여주고 있다.

　송찬호의 시는 상당한 무게를 느끼게 한다. 이 중량감은 주제에서 비롯되는 것이 아니라 시적 대상을 인식하는 방법과 관점에서 비롯되는 것이다. 예컨대 〈만년필〉 같은 작품에서 볼 수 있는 사물에 대한 인식의 방법은 철저하게 시적 대상과 주체와의 거리를 유지하는 데에 그 특징이 있다. 이러한 시적 진술의 거리 두기는 서정시가 빠져들기 쉬운 자기 동일시 현상을 거부하고자 하는 노력의 산물이다. 특히 대상과의 거리 두기는 사물에 대한 경험의 전체성에 도달할 수 있는 관점의 우위를 제공하기도 한다. 그러므로 시적 상상력의 진폭은 강

렬하면서도 균형 감각을 유지한다. 그러나 문제가 없지 않다. 시인의 시적 상상력을 따라가기에는 독자들에게 너무 긴 호흡을 요구한다.

나희덕의 근작시는 일상에 대한 시적 도전이라는 새로운 주제를 담고 있다. 이 주제는 모더니즘의 시인들이 까다롭게 실험했던 경우가 있었지만 크게 성공하지는 못하였다. 그러나 나희덕은 심각하지 않게 이 주제를 다루고 있다. 여기서 심각하지 않다는 것은 정서의 과잉을 요령 있게 회피하고 있다는 점과 통한다. 일상이라는 것이 가볍고 반복적이며 무의미하게 보일 수도 있지만, 나희덕은 그 가벼움에서 무게를 찾고, 그 반복적이며 무의미한 것에서 중요한 가치를 발견한다. 〈와온에서〉와 같은 작품은 바로 이러한 시적 접근법이 상당한 성공을 거두고 있는 경우에 해당한다. 긴장이 부족하다는 지적도 있긴 하지만, 일상성에 대한 시적 도전이라는 점에서 시인의 노력을 주목하고자 한다.

문태준의 근작들은 시적 정서의 포괄성을 자랑한다. 언어의 외연을 최대한 확대하고 그 내면의 깊이를 천착해 들어가는 시법의 탁월함은 〈옥매미〉와 같은 작품에서 잘 드러나고 있다. 문태준의 시에서 가장 주목되는 것은 섬세한 언어적 감각을 통해 사물에 대한 인식에 구체성을 드러내고 있다는 점이다. 이것은 관념을 극복하기 위해 시인이 준비하고 있는 노력이라고 할 수 있다. 더구나 서정적 주체에 대한 깊은 통찰을 동시에 보여준다는 점에서 그 미학의 무게를 짐작할 만하다. 특히 〈그맘때에는〉 등에서 볼 수 있는 관조의 미학은 존재에 대한 깊은 성찰을 바탕으로 하여 그 시적 긴장을 더하고 있다.

소월시문학상 대상 수상작으로 심사위원들이 모두 문태준의 〈그맘때에는〉을 지목하게 된 것은 진솔한 언어와 그 감각의 소박성에도 불구하고 시적 인식의 폭과 깊이를 긴장감 있게 유지하고 있다는 점을 높이 평가하였기 때문이다. 다작에도 불구하고 대부분의 작품들이 시적 완성도를 유지하고 있다는 점도 크게 주목되었음을 밝혀둔다. 문태준 시인에게 다시 한 번 축하를 보낸다.

제21회 소월시문학상 작품집

초판 1쇄_ 2006년 4월 30일
초판 4쇄_ 2007년 11월 13일

지은이_ 문태준 외
펴낸이_ 전성은
펴낸곳_ 문학사상사
주소_ 서울특별시 송파구 오금동 91번지(138-858)
등록_ 1973년 3월 21일 제1-137호

편집부_ 3401-8543~4
영업부_ 3401-8540~2
팩시밀리_ 3401-8741~2
한글도메인_ 문학사상
홈페이지_ www.munsa.co.kr
E메일_ munsa@munsa.co.kr
지로계좌_ 3006111

잘못 만들어진 책은 구입하신 서점이나
본사에서 바꾸어 드립니다.

값은 표지 뒷면에 표시되어 있습니다.

ISBN 89-7012-748-8 03810

우편엽서

보내는 사람

□□□ - □□□

문학사상사

우편요금
수취인 후납부담
발송유효기간
2006.6.25~2008.6.24
서울 송파우체국
승인 제184호

받는 사람

서울 송파구 오금동 91번지
전화 (02)3401-8540~4 팩스 (02)3401-8741~2
홈페이지 : www.munsa.co.kr
이메일 : munsa@munsa.co.kr
한글도메인주소 : 문학사상

1 3 8 - 8 5 8

문학사상사의 책을 구입해 주셔서 감사합니다. 더욱 좋은 책을 만들기 위해 독자 여러분의 의견을 듣고자 하오니, 회답해 주시면 추첨을 통해 선물을 보내 드리겠습니다.

::이름		주소		(휴대)전화
이메일		나이	직업	학교

:: 구입하신 책 제목

:: 구입하신 서점 또는 인터넷 사이트

:: 이 책을 사게 된 동기
□ 주위의 권유 □ 신문·잡지의 광고 □ 신문·잡지·방송의 서평 □ 서점에서 보고 □ 인터넷에서 보고 □ 원래 애독자 □ 책이 마음에 들어서

:: 책을 읽고 난 소감
내용_ □ 만족 □ 무난 □ 불만
불만이 있다면_ □ 내용이 불충실 □ 오탈자 □ 기타 (   )

:: 평소 구독하는 신문, 잡지

:: 문학사상사에 전하고 싶은 말(구입하신 책에 대한 의견 또는 희망사항)

www.munsa.co.kr